해안선 자동차 여행

해안선
자동차 여행

강화평화전망대에서 고성통일전망대까지
3,000km 해안 드라이브 완벽 가이드

강구 지음

I'm

[일러두기]
*국가어항은 (국)으로, 차량이 이동할 수 있는 가장 가까운 해안도로를 따라 경
 유한 지역은 (경)으로 표기하였다.
*여행 경비는 10박 11일 동안 3명이 총 3,320,000원이 소요되었다. 이 중 주
 유비 41,000원과 차량보험료 24,000원은 전체 금액에 포함하여 계산하였으
 며, 통행료 약 21,000원도 합산하였다.
*여행지는 서해 해안권, 남해 해안권, 동해 해안권으로 나누어 정리하였다.
*여행지 정보는 한국관광공사 홈페이지의 자료를 일부 참고하였다.

바다를 품은 길, 3,000km의 여정

　길 위에서 마주하는 바다는 때로는 잔잔하고, 때로는 거칠며, 그 곁에서 살아가는 사람들의 이야기가 쌓여 있다. 이 책은 서해, 남해, 동해를 따라 3,000km를 달리며 기록한 여정이다.

　이 여행은 혼자가 아니었다. 45년을 함께한 친구 강동채, 그리고 바쁜 일상 속에서도 2주간의 휴가를 내어 동행한 후배 유경규와 함께했다. 친구는 올해 교직에서 정년퇴임을 했고, 후배는 차량을 제공하며 운전을 맡았다. 두 사람 덕분에 가능한 한 바다 가까운 길을 따라가는 코스를 계획할 수 있었다.

　여정 동안 173개의 항구와 포구, 81개의 해변과 해수욕장을 지나며, 지역별 축제 일정과 여행 정보를 정리했다. 여행 코스를 보다 쉽게 따라갈 수 있도록 차량 내비게이션 경로를 설정하고, 방문한 식당들의 주소와 연락처, 영업시간을 기록했다. 단순한 맛집 소개가 아니라 직접 방문해 먹어본 음식과 그 경험을 담았다. 서해에서는 바지락칼국수를, 남해에서는 멸치쌈밥과 도다리쑥국을, 동해에서는 곰치국과 대게를 맛보았다. 일부러 맛집을 찾아다닌 것은 아니었지만 길을 따라가다 보니 자연스럽게 지역의 음식을 마주하게 되었다. 좋은 음식 앞에서 술 한 잔을 기울이며 살아온 이야기를 나누는 시간은 그 자체로 여행의 일부였다.

이 책이 나오기까지 많은 분들의 도움이 있었다. 가족과 친구들의 응원이 있어 이 여정을 끝까지 이어갈 수 있었다. 진심 어린 응원과 격려를 보내주신 분들께 깊이 감사드린다. 특히 여행 글쓰기로 방향을 잡아주고 원고를 다듬는 데 도움을 준 이다빈 작가님, 세심한 편집으로 책을 완성해준 아임스토리 신지현 편집장님께도 감사드린다.

그리고 무엇보다 이 길을 함께해 준 친구 강동채, 차량을 제공하고 장시간 운전을 맡아준 후배 유경규에게 깊은 감사를 전한다. 두 사람이 없었다면 이 여행은 지금처럼 깊이 남지 않았을 것이다.

시간은 있지만 어디로 떠나야 할지 고민하는 사람들, 오랜 친구들과 함께 조용한 시간을 보내고 싶은 사람들, 그리고 일상의 무게를 잠시 내려놓고 자유롭게 여행을 꿈꾸는 사람들에게 이 책이 작은 참고가 되길 바란다.

해안선 따라 흐르는 길

한반도를 품은 바다의 향연
강화의 평화가 우리를 맞이하리
차창 밖 물결은 춤추고
선선한 바람이 가슴을 두드리네

한마음으로 떠나는 여정
설렘 가득한 모험이로다
서해의 낙조를 지나
남해의 섬들을 건너
바다가 품은 길을 따라
맛과 이야기가 흐르는 곳
파도에 스며든 삶의 흔적
그 길 위에 머물다 가네

마침내 고성 통일전망대에 서니
길은 다시 바다로 흐르고
수평선 너머 바람이 속삭이네

雲仙 강구

목차

PART 3
동해 해안권

PART 1
서해 해안권

강화도,
평화의 바람을 따라

주요 코스
강화평화전망대
외포항
강화궁
오이도항
궁평항(국가어항)
안섬포구

주행 거리
총 236km

소요 경비(3인 기준)
조　식 추어탕 34,000원
중　식 해장국 41,000원
석　식 파장어조림 88,000원
숙박비 50,000원
기　타 24,500원
합　계 303,000원

1코스
평화와 자연 속으로

북한 황해남도를 가장 가까이에서 바라볼 수 있는 강화평화전망대에서 출발해서 계절마다 색을 달리하는 칠면초 군락이 인상적인 창후리선착장, 그리고 강화도를 대표하는 어촌 외포항을 거치는 여정이다. 바다를 따라 이동하며 분단의 현실을 마주하고, 변화하는 자연과 고즈넉한 어촌의 정취 속에서 역사의 깊이와 평화의 의미를 온몸으로 느낄 수 있다.

•주행 거리
24km

•코스 경로
강화평화전망대-인화2리마을회관(경)-창후리선착장-외포항

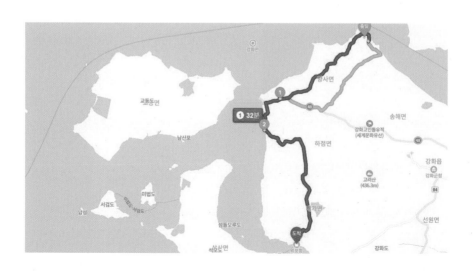

강화평화전망대

•주소 인천 강화군 양사면 철산리 •운영 시간 오전 9시~오후 5시(동·하절기 시간 체크) •입장료 성인 2,500원, 소인 1,000원 •주변 맛집 전망대 추어탕(T.032-933-5228)

한반도 북서쪽 끝자락에 자리한 곳으로, 북한의 풍경을 한눈에 조망할 수 있는 평화의 상징적인 장소다. 맑은 날이면 북한의 마을과 들판이 선명하게 보인다. 전망대 주변에는 한국전쟁 당시의 유적이 남아 있어 역사의 흔적을 느낄 수 있다. 바다와 숲이 어우러진 주변 자연 경관도 인상적이다.

창후리선착장

•주소 인천 강화군 하점면 창후리 •추천 방문 시기 9월~11월

강화도 서북단 별립산 하단에 위치한 작은 선착장으로, 교동도와 마주하고 있다. 이곳은 칠면초 군락으로 유명한데 해변에 자란 잡초들이 계절에 따라 색이 변하면서 독특한 풍광을 자아낸다. 특히 가을이면 붉게 물든 칠면초가 바다와 어우러져 장관을 이루며, 사진 애호가들에게 인기 있는 촬영지로 손꼽힌다.

외포항

•주소 인천 강화군 외포리 •추천 방문 시기 10월~11월(김장철에 가장 활기차고 볼거리 많음) •직판장 운영 시간 오전 8시~오후 6시 •주변 명소 석모도 미네랄 온천(차로 약 20분 거리)

강화도의 대표적인 새우젓 생산지로, 김장철이면 전국 각지에서 사람들이 몰려드는 곳이다. 외포리 선착장은 강화 부속섬으로 향하는 여객선이 오가는 곳으로, 선착장 한편에 자리한 젓갈·수산물 직판장에서 신선한 해산물과 젓갈을 구입할 수 있다. 갈매기가 많아 사진 촬영 명소로도 유명하다.

2코스
강화의 고요한 항구

강화의 자연과 문화를 함께 체험할 수 있는 여정이다. 시인의 감성을 느낄 수 있는 천상병귀천공원, 고요한 어촌 풍경이 펼쳐지는 분오리항, 그리고 고려시대의 역사를 간직한 강화고려궁지를 거치며 강화도의 고즈넉한 매력을 만끽할 수 있다. 철새가 머무는 갯벌과 평온한 바닷가, 그리고 깊은 역사가 공존하는 이 길을 따라가다 보면 자연과 시간이 어우러진 특별한 순간을 만나게 된다.

•주행 거리
38km

•코스 경로
외포항–천상병귀천공원–분오리항–강화웰빙리조트(경)–강화고려궁지

천상병귀천공원

•주소 강화군 내가면 외포리 •추천 방문 시간 오전 10시~오후 4시(햇살이 좋아 산책하기 좋음)

시인 천상병의 작품 '귀천'을 기리며 조성된 공원으로, 정갈한 자연 속에서 그의 감성을 느낄 수 있는 장소다. 조형물과 산책로가 어우러져 강화도의 문학적 풍경을 만끽하기에 적합하다.

분오리항

•주소 강화군 화도면 사기리 •추천 방문 시기 10월~11월(저어새 탐방과 가을 풍경 감상) •주차 항구 근처 무료 주차 가능

'분오리'라는 이름은 과거 이곳이 약 5리(약 2km)의 해안선을 가지고 있었다는 데서 유래했다. 옛날부터 어로와 조업이 활발하게 이루어지던 곳으로, 작은 항구지만 신선한 해산물과 평화로운 바다 풍경이 인상적이다. 특히 이곳은 멸종위기종 저어새의 서식지로도 알려져 있어 가을이면 갯벌에서 저어새가 먹이를 찾는 모습을 볼 수 있다. 일몰 무렵 분오리항의 바다는 한 폭의 그림처럼 잔잔한 물결과 함께 황금빛으로 물들며 여행자들에게 특별한 순간을 선사한다.

강화고려궁지

•주소 인천 강화군 강화읍 관청리 •운영 시간 오전 9시~오후 6시 •입장료 성인 1,200원, 어린이 900원 •주변 명소 강화풍물시장(자동차로 5분 거리, 2일·7일마다 5일장 개최)

고려시대 몽골의 침입으로 강화도로 천도했을 당시 왕이 머물렀던 행궁으로, 이후 조선시대 유수부의 행정 관청으로 활용되었다. 과거와 현재가 공존하는 공간에서 역사의 흔적을 직접 확인할 수 있다.

3코스
바다와 붇길이 만나는 곳

과거와 현재가 공존하는 경인아라뱃길과 연안부두의 활기, 그리고 서해안의 대표적 낙조 명소인 오이도까지 이어지는 길이다. 도시와 자연이 조화롭게 어우러진 코스로, 여유로움과 설렘을 모두 느낄 수 있다.

•주행 거리
71km

•코스 경로
강화고려궁지-세어도선착장(경)-경인아라뱃길여객터미널-연안부두
-송도국제캠핑장(경)-배곧한울공원(경)-오이도항

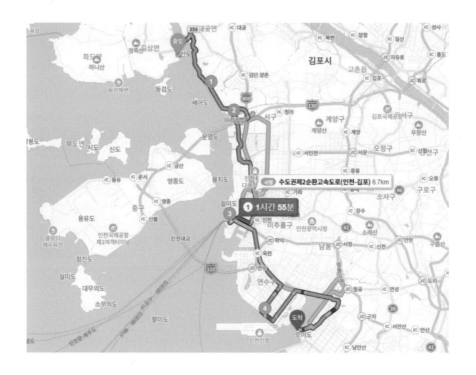

경인아라뱃길여객터미널

•주소 인천 서구 정서진1로 •아라뱃길 자전거도로 따라 한강까지 라이딩 가능(자전거 대여 가능) •추천 방문 시간 늦은 오후(석양 감상)

한때 수많은 배들이 오갔던 경인아라뱃길은 인천과 한강을 잇는 국내 유일의 내륙 수로다. 조선시대에도 비슷한 운하가 존재했으나, 현재의 경인아라뱃길은 2011년 개통되어 물류 중심지로 활용되었다. 하지만 현재는 산책과 자전거 코스로 더욱 인기 있는 장소다. 터미널 근처에는 대한민국 국토종주 자전거길의 시작점이자 아름다운 해넘이 명소인 정서진(正西津)이 있다.

연안부두

•주소 인천 중구 항동1가 •인천 앞바다의 섬 여행을 시작하는 필수 관문 •추천 방문 시간 새벽과 이른 아침(시장에서 가장 싱싱한 해산물을 만날 수 있음)

인천항을 대표하는 부두로, 백령도, 대청도, 연평도 등 서해 섬으로 향하는 여객선이 출항하는 곳이다. 부두 주변에는 싱싱한 해산물을 판매하는 시장과 횟집들이 늘어서 있으며, 조개구이와 회는 이곳의 대표적인 별미다.

오이도항

•주소 경기 시흥시 정왕동 •일몰 명소 오이도의 빨간 등대가 있는 전망대에서 황홀한 노을을 감상할 수 있음 •야경 명소 밤이 되면 조명이 켜진 해안 산책로에서 야경을 즐길 수 있음

'섬 아닌 섬' 오이도는 신석기시대 유적지로도 유명하며, 서해의 대표적인 낙조 명소다. 썰물 때 드러나는 갯벌에서는 바다 생태계를 가까이에서 관찰할 수 있다. 오이도항은 해산물 요리로도 유명한데 조개구이, 해물찜, 물회는 여행의 피로를 풀어주는 든든한 한 끼가 된다.

4코스
서해의 낭만적인 어촌

방아머리 해변의 고즈넉한 산책로, 탄도항의 싱싱한 해산물, 그리고 궁평항에서 마주하는 황홀한 낙조가 서해의 매력을 선사하는 여정이다. 서해안 특유의 잔잔한 물결과 어촌의 정취, 그리고 끝없이 펼쳐진 해안 풍경이 조화를 이루며, 바다와 함께하는 여유로운 여행을 즐길 수 있다.

•주행 거리
46km

•코스 경로
오이도항-방아머리해변-탄도항-전곡항-궁평항(국)

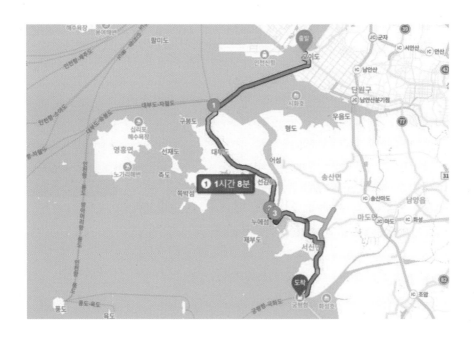

방아머리해변

•주소 경기 안산시 단원구 대부북동 •사진 명소 해질녘 해변가에서 실루엣 사진 촬영하기 좋음 •가족 여행 추천 파도가 잔잔하여 아이들과 함께 방문하기에 적합

조선시대에 산 모양이 방아머리처럼 생겼다 하여 붙여진 방아머리해변은 조용한 서해의 분위기를 느낄 수 있는 해변이다. 깨끗한 백사장과 잔잔한 바다가 어우러져 있으며, 특히 석양이 바다를 붉게 물들이는 일몰이 아름답기로 유명하다.

이곳에서 할 수 있는 경험
• 백사장을 따라 여유로운 산책
• 바다를 배경으로 서해의 낭만적인 일몰 감상
• 주변 소규모 카페에서 따뜻한 차 한 잔 즐기기

탄도항

•주소 경기 안산시 단원구 선감동 •추천 음식 간장게장 정식, 해물칼국수 •추천 방문 시기 일몰 직전 도착해 탄도항 방파제에서 석양 감상

탄도항은 안산을 대표하는 어촌마을로, 신선한 해산물과 서해의 바다 풍경을 함께 즐길 수 있는 곳이다. 아침 일찍부터 어선들이 오가는 활기찬 분위기와 함께 바닷가를 따라 늘어선 조개구이와 해산물 요리 전문점이 방문객들의 발길을 붙잡는다.

전곡항

•주소 경기 화성시 서신면 전곡리 •요트 체험 프로그램 운영 •낚시 명
수 방파제에서 낚시를 즐기기 좋음

과거 수출입 항구였으나 현재는 국내 최초의 레저어항
시범지역으로 지정되며 해양레저의 중심지가 되었다.
매년 국제 요트대회가 열리는 곳으로도 유명하며, 마리
나 시설을 둘러보며 해양레포츠의 활기찬 모습을 탐방
할 수 있다.

**이곳에서 할 수
있는 경험**
• 레저 보트와 요
트가 정박한 마
리나 시설 탐방
• 화성 뱃놀이 축
제: 5월 하순
• 바다를 바라보
며 한적한 해양
레저 활동 체험

궁평항

•주소 경기도 화성시 서신면 궁평리 •가족 여행 추천 아이들과 함께 갯벌체험 가능 •낙조 명소 궁평항에서 바라보는 해넘이는 한 폭의 그림 같은 장관

서해안의 아름다움을 한눈에 담을 수 있는 궁평항은 어촌의 활기와 한적한 풍경이 공존하는 곳이다. 해안을 따라 조성된 산책로를 걸으며 하루를 마무리하기에 더할 나위 없이 좋은 곳이다. 특히 궁평항에서 바라보는 낙조는 여행자들에게 깊은 인상을 남긴다.

이곳에서 할 수 있는 경험

- 해안 산책로를 따라 걸으며 서해 낙조 감상
- 항구 주변 식당에서 싱싱한 조개구이와 해물탕 맛보기
- 화성 송산 포도 축제: 9월 초순

역사 속 항구마을

고려와 조선시대의 흔적이 깃든 항구를 따라가며 서해의 잔잔한 물결 속에서 역사와 자연이 함께하는 풍경을 만나는 여정이다. 이 코스는 오랜 세월 바닷길을 따라 형성된 어촌과 항구를 지나며, 과거와 현재가 공존하는 공간을 경험할 수 있다.

•주행 거리
57km

•코스 경로
궁평항(국)-화성방조제(경)-매향항(경)-고온항-석천항(경)-한진포구-안섬포구

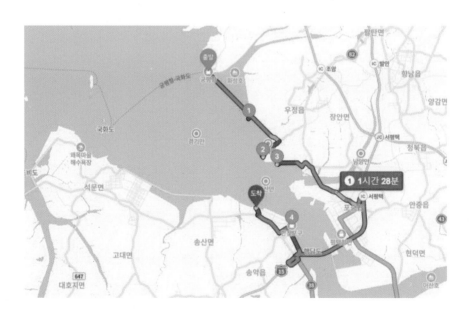

고온항

•주소 경기 화성시 우정읍 이화리 •추천 방문 시간 해질녘

고려시대부터 수로의 중심지였던 고온항은 작은 배들이 정박한 조용한 항구다.

한진포구

•주소 충남 당진시 송악읍 한진리 •현지 어민들이 운영하는 작은 수산 시장에서 해산물 구입 가능

고려시대부터 이어진 역사 깊은 포구다. 현재는 조용한 어촌마을로, 서해의 풍경을 감상하기 좋다.

안섬포구

•주소 충남 당진시 송악읍 고대리 •갯벌체험 가능(예약 필요)

조선시대 교역지였던 안섬포구는 낙조가 아름다운 한적한 어촌이다.

🍴 안섬갯마을
• 메뉴: 파장어 조림(₩75,000, 大)
• 위치: 충남 당진시 송악읍 안섬포구길 35
• 전화: 041-356-5136

2일차

태안,
바다와
바지락의 맛

주요 코스
도비도선착장
발천포해수욕장
만대항
신두리해수욕장
통개항
안흥항(국가어항)

주행 거리
총 242km

소요 경비(3인 기준)
조 식 백반 28,000원
중 식 바지락칼국수 38,000원
석 식 바지락해장국, 맛조개 72,000원
숙박비 50,000원
기 타 22,700원
합 계 276,000원

1코스
서해의 일출과 한적한 어촌

조용한 바다 위에 떠 있는 작은 어선들, 갯벌을 따라 부지런히 움직이는 어민들의 모습이 서해 특유의 평온한 분위기를 자아낸다. 특히 장고항과 왜목마을에서는 일출과 일몰을 감상할 수 있어, 하루의 시작과 끝을 바다와 함께하는 특별한 경험을 할 수 있다.

•주행 거리
36km

•코스 경로
안섬포구-가곡선착장(경)-장고항-왜목선착장-도비도선착장

장고항

•주소 충남 당진시 석문면 장고항리 •실치 축제 봄철 별미 실치를 맛볼 기회(4월 하순) •추천 방문 시기 2월~10월(노적봉 일출이 가장 아름다운 시기)

전형적인 서해 어촌마을로, 갯벌 체험과 어업이 활발한 곳이다. 썰물 때 갯벌이 드러나면 바지락을 직접 채취하는 체험이 가능해 여행객들에게 인기가 높다. 이곳의 명물인 촛대바위와 노적봉은 서해 일출을 감상할 수 있는 최적의 장소다. 해가 수면 위로 떠오르는 순간의 장관은 많은 사진작가들의 발길을 이끈다.

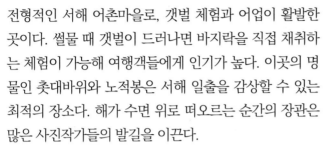

왜목선착장

•주소 충남 당진시 석문면 교로리 •추천 방문 시기 1월~12월(계절마다 색다른 일출 감상 가능) •근처에 해물칼국수&조개구이 전문점이 많음

남양만과 아산만이 내륙으로 깊숙이 자리잡아 왜가리 목처럼 튀어나온 모습에서 이름이 유래되었다. 이곳에서는 동쪽 바다에서 떠오르는 해를 감상할 수 있으며, 특히 촛대바위와 노적봉 사이로 솟아오르는 일출은 한국의 명승지로 손꼽힌다.

도비도선착장

•주소 충남 당진시 석문면 난지도리 •추천 방문 시간 썰물 시간(갯벌 체험, 해양 생물 관찰 가능) •주변 명소 가로림만 국가해양공원(차로 15분 거리)

서해 가로림만의 잔잔한 분위기를 온전히 느낄 수 있는 곳이다. 한때 서해 연안 항로의 중요한 기점이었으며, 현재도 작은 배들이 정박해 있는 정겨운 포구다. 선착장 주변의 갯벌에서는 다양한 해양 생물을 관찰할 수 있으며, 한적한 어촌마을을 거닐며 고즈넉한 분위기를 즐길 수 있다.

2코스
소용한 섬마을 풍경

서해 가로림만의 고요한 분위기와 독특한 자연경관을 감상할 수 있는 길이
다. 대산항을 지나 벌천포해수욕장으로 이어지는 여정은 자연 속에서 여유
를 만끽하기에 충분하다. 한적한 해변과 작은 포구가 어우러져 어촌의 정취
를 느낄 수 있으며, 특히 가을철 서해의 낙조가 아름다운 곳이다.

•주행 거리
29km

•코스 경로
도비도선착장-대산항(컨테이너부두)(경)-독곶2리회관(경) -벌천포해수욕장

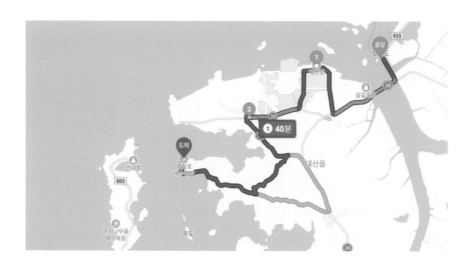

벌천포해수욕장

•주소 충남 서산시 대산읍 오지리 •추천 방문 시기 여름(야영 및 해변 피크닉), 가을(서해 낙조 감상) •웅도 바닷길 체험 썰물 시간대 확인 필수(현지 물때표 참고) •주변 맛집 벌천포횟집(해물탕, 회 정식 추천)

서산에서 유일한 해수욕장으로, 가로림만 반도의 끝자락에 위치해 있다. 해안선은 작은 자갈로 이루어져 있으며, 뒤편의 솔숲과 어우러져 여름철 야영과 피크닉 장소로 인기가 많다. 해변과 연결된 작은 포구 덕분에 한적하고 아늑한 분위기가 특징이다. 특히 이곳에서 바라보는 서해의 낙조는 자연 그대로의 아름다움을 간직하고 있다. 해안도로를 따라가면 웅도라는 작은 섬이 나타나는데, 썰물 때마다 바닷길이 열려 육지와 연결되는 독특한 현상을 볼 수 있다.

이곳에서 할 수 있는 경험
• 솔숲 아래에서 조용한 야영 및 피크닉
• 가로림만의 독특한 해안선과 자연 경관 탐방
• 한적한 포구를 거닐며 어촌의 평화로운 분위기 만끽
• 썰물 때 바닷길이 열리는 웅도의 신비로운 풍경 감상

3코스
어촌과 해변이 만나는 길

웅도를 출발해 솜도와 고파도를 거쳐 태안 최북단의 만대항까지 이어지는 길은 잔잔한 바다와 살아 있는 어촌의 풍경이 어우러진다. 자연과 사람의 흔적이 조화롭게 스며든 길 위에서 서해의 또 다른 모습을 만날 수 있다.

•주행 거리
71km

•코스 경로
벌천포해수욕장-웅도,솜도(주변길)-고파도(인근섬)-만대항

웅도

•주소 충남 서산시 대산읍 웅도리 •바닷길이 열리는 시간은 물때에 따라 다르므로 사전 확인 필수 •도보 이동 가능하지만 장화나 샌들을 준비하면 편리함

가로림만에서 가장 큰 섬으로, 썰물 때 드러나는 바닷길로 유명하다. 바닷물이 빠지면 섬과 육지가 연결되며, 바닷길을 걸어 섬으로 들어가는 특별한 경험을 할 수 있다. 이곳은 조용한 어촌마을로, 산책로를 따라 걷다 보면 갯벌을 오가는 어민들의 모습과 서해안의 평온한 풍경을 만끽할 수 있다.

만대항

•주소 충남 태안군 이원면 내리 •바람이 많이 부는 지역이므로 방풍 외투 준비 •주변 캠핑장은 사전 예약 필수

태안 최북단에 위치해 낚시와 어촌의 정취를 동시에 느낄 수 있는 곳이다. 2004년 어촌 정주어항으로 지정되었으며, 2010년에는 지방어항으로 승격되었다. 선착장에서는 망둥어, 우럭, 노래미 등 다양한 어종을 낚을 수 있어 낚시객들에게 인기 있는 장소다. 만대항의 매력은 단순한 낚시뿐만 아니라 한적한 어촌 풍경 속에서 서해의 자연을 느낄 수 있다는 점이다. 주변에는 사목 공원캠핑장, 학암포해수욕장, 구례포해수욕장이 있어 캠핑과 휴식을 원하는 여행자들에게도 좋은 장소다.

- -

🍴 민우네 바지락 칼국수
• 서해 바지락이 듬북 들어간 시원한 국물이 일품
• 위치: 충남 태안군 이원면 원이로 2650-10
• 전화: 041-672-9930
• 휴무: 매주 수요일

4코스
자연과 역사의 조화

염전과 섬, 해변이 어우러진 이 여정에서는 민어도와 학암포의 독특한 지형을 마주하고, 신두리 사구의 신비로운 풍경까지 감상할 수 있다. 서해의 다채로운 자연과 시간을 담아가는 길이다.

•주행 거리
40km

•코스 경로
만대항-솔향기염전(경)-민어도-학암포-구례포해수욕장-신두리해수욕장

민어도

•주소 충남 태안군 원북면 방갈리 •조용한 어촌 분위기를 즐기기에 최적의 장소 •지역 특산물 민어 요리

과거 민어가 많이 잡혀 이름 붙여진 곳으로, 이원방조제가 조성되면서 육지와 연결된 섬이다. 현재는 작은 포구와 선착장이 남아 있으며, 조용한 어촌의 분위기를 간직하고 있다. 민어도 선착장에는 폐교된 초등학교에서 옮겨온 이순신 동상이 자리잡고 있어, 이 지역의 역사를 상기시키는 상징적인 장소가 되었다.

이곳에서 할 수 있는 경험
• 바닷길을 따라 조용한 섬마을 탐방
• 민어도 선착장에서 지역 어민들의 삶 엿보기
• 이순신 동상 앞에서 역사적인 의미 되새기기

학암포

•주소 충남 태안군 원북면 학암포리 •학암포 해변 주변 캠핑장 이용 가능 •추천 방문 시간 오후 5~6시경(노을이 가장 아름다운 시간대)

학암포는 바닷물이 빠지면 드러나는 바위가 학의 형상을 닮아 붙여진 이름이다. 해변과 숲이 어우러진 자연경관이 특징이며, 고요한 분위기 속에서 여유로운 산책을 즐기기에 좋은 곳이다. 매년 가을, 학암포의 붉은 노을을 배경으로 '학암포 붉은 노을 축제'가 열려 많은 관광객이 찾는다.

이곳에서 할 수 있는 경험
• 학암포 해변에서 학 모양의 바위 감상
• 자연에서 조용한 산책과 힐링
• 학암포 붉은 노을 축제: 10월 중순

구례포해수욕장

•주소 충남 태안군 원북면 황촌리 •여름철에도 한적하여 한적한 해변을 즐기기에 적합 •인근 펜션과 민박 시설이 잘 갖춰져 있음

잔잔한 바다와 넓은 백사장이 그림 같은 풍경을 연출하는 곳이다. 1993년 KBS 사극 〈먼동〉의 촬영지로 유명하며, 고려시대 시인이 이곳에서 시를 지었다는 이야기가 전해져 이름의 유래가 되었다.

이곳에서 할 수 있는 경험
- 사극 촬영지였던 해변 풍경 감상
- 고요한 해변에서 여유로운 산책

신두리해수욕장 & 신두리 사구

•주소 충남 태안군 원북면 신두리 •신두리 사구 보호를 위해 지정된 탐방로만 이용 가능 •해질 무렵 사구 위에서 바라보는 서해 풍경이 장관

신두리해수욕장은 태안에서 가장 아름다운 해수욕장 중 하나로 손꼽히며, 동양 최대 규모의 신두리 사구가 위치한 곳이다. 모래 언덕이 광활하게 펼쳐져 마치 사막 같은 풍경을 자아내며, 천연기념물 431호로 지정된 특별한 장소다.

이곳에서 할 수 있는 경험
- 신두리 사구에서 동양 최대 모래언덕 체험
- 광활한 모래 언덕에서 색다른 자연 풍경 감상
- 바람과 함께 서해의 탁 트인 해변 산책

5코스
바다와 소나무숲이 어우러진 곳

서해안의 탁 트인 백사장과 소나무숲이 어우러진 해변, 그리고 조용한 어촌 마을을 따라가는 여정이다. 부드러운 모래사장이 길게 이어지는 해수욕장과 평온한 항구를 지나며, 서해 특유의 잔잔한 풍경과 한적한 어촌의 일상을 가까이에서 경험할 수 있다.

•주행 거리
28km

•코스 경로
신두리해수욕장-개목항-백리포해수욕장-천리포해수욕장-만리포해수욕장
-모항항(국)-통개항

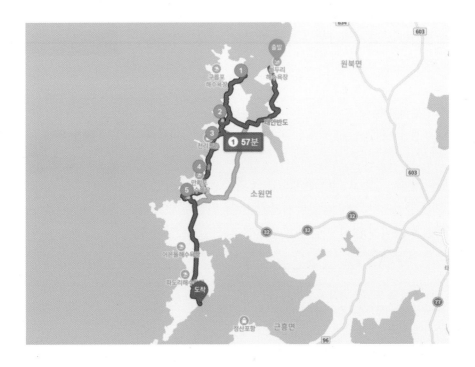

개목항

•주소 충남 태안군 소원면 의항리 •추천 방문 시간 이른 아침(갓 잡은 해산물 구입 가능)

태안의 작은 어촌마을로, 지형이 개미 목처럼 잘록하게 생겨 '개미목' → '개목' → '의항'으로 변화한 이름을 갖고 있다. 이곳은 우럭, 노래미, 농어 등 다양한 어종이 풍부하게 잡히는 곳으로, 어민들의 생활을 가까이에서 볼 수 있는 전형적인 서해안 어촌이다.

이곳에서 할 수 있는 경험
- 한적한 어촌마을에서 조용한 산책
- 선착장에서 바닷바람 맞으며 바다 풍경 감상
- 신선한 해산물과 지역 특산물 구입

백리포해수욕장

•주소 충남 태안군 소원면 의항리 •성수기에도 한적한 해변 분위기

길고 고운 백사장과 해변을 따라 펼쳐진 소나무숲이 아름다운 곳이다. 인근 만리포, 천리포와 연결되어 있으며, 고즈넉한 분위기 덕분에 조용한 휴식을 원하는 이들에게 사랑받는다.

천리포해수욕장

•주소 충남 태안군 소원면 의항리 •주변 명소 천리포수목원(사전 예약 필수)

바다와 숲, 그리고 해변 산책로가 조화를 이루는 자연 속 힐링 공간이다. 태안해안국립공원 내에 위치해 있으며, 계절을 가리지 않고 아름다운 일몰을 감상할 수 있는 장소로 유명하다.

이곳에서 할 수 있는 경험
- 해안선을 따라 이어지는 산책로에서 힐링
- 서해의 붉은 노을 감상

만리포해수욕장

•주소 충남 태안군 소원면 모항리 •해양스포츠(서핑, 바나나보트 등) 체험 가능

태안해안국립공원 내에서도 가장 인기 있는 해변으로, 완만한 수심과 1km가량 이어진 넓은 백사장이 특징이다. 해수욕은 물론이고, 해양스포츠, 산림욕, 갯바위 낚시 등 다양한 레저 활동을 즐길 수 있는 곳이다.

이곳에서 할 수 있는 경험
- 만리포 방파제에서 우럭 낚시 체험
- 소나무숲에서 야영과 산림욕
- 신선한 갱개미무침, 대하구이 등 해산물 요리 맛보기

모항항

•주소 충남 태안군 소원면 모항리 •수산물 직거래는 오전 방문 추천

만리포와 천리포 해수욕장 사이에 위치한 국가어항으로, 수산물 직판장이 있어 신선한 해산물을 저렴한 가격에 구입할 수 있는 곳이다.

통개항

•주소 충남 태안군 소원면 파도리 •파도리 해변 따라 드라이브 추천

태안반도의 서쪽 끝자락에 자리한 작은 항구로, 마을 이름 그대로 거센 파도가 몰아치는 겨울철의 풍경이 인상적인 곳이다. 삼면이 바다로 둘러싸인 반도 지형 덕분에 다양한 어종이 잡히며, 특히 태안반도 최고의 전복 어장과 미역, 굴 양식장이 인근에 위치해 있다. 항구를 감싸안는 푸른 물결과 고즈넉한 어촌 풍경이 어우러져, 마치 시간이 멈춘 듯한 정취를 느낄 수 있는 곳이다.

이곳에서 할 수 있는 경험
- 황새바위 감상: 파도가 치는 바위 절경
- 인근 양식장에서 전복과 굴 양식 체험

평화로운 밤하늘 아래

서해안의 고즈넉한 자연 속에서 캠핑과 어촌의 정취를 만끽할 수 있다. 한적한 항구와 역사적인 어촌을 거치며, 밤하늘의 별빛을 감상하며 평온한 하루를 마무리하기에 좋다.

•주행 거리
38km

•코스 경로
통개항–태안별빛캠핑장–정산포항–안흥항

태안별빛캠핑장

•주소 충남 태안군 소원면 법산리 •태안빛 축제 야간 조명이 만들어내
는 낭만적인 분위기 속에서 서해의 밤을 즐길 수 있음(연중 개최)

태안의 맑은 공기와 자연 속에서 캠핑을 즐길 수 있는
곳이다. 북쪽으로 펼쳐진 바다와 푸른 잔디밭이 어우러
져 캠핑객들에게 최고의 경관을 선사하며, 밤이 되면 쏟
아지는 별빛이 장관을 이룬다. 일반 캠핑 사이트 외에도
내·외부가 모두 목재로 이루어진 캠핑 하우스가 마련되
어 있어 더욱 편안한 숙박이 가능하다.

정산포항

•주소 충남 태안군 근흥면 정죽리 •추천 방문 시간 일몰(한층 더 운치
있는 풍경을 감상할 수 있음)

태안군에 자리한 한적한 어촌 항구로, 조용한 해안 경관
과 함께 산책하기에 적합한 곳이다. 관광지보다는 지역
주민들의 삶이 녹아 있는 곳으로, 서해 특유의 잔잔한 파
도와 소박한 포구의 정취를 느낄 수 있다.

안흥항

•주소 충남 태안군 근흥면 정죽리 •추천 방문 시간 새벽(나래교에서 아
름다운 일출을 감상할 수 있음)

태안반도의 중심 항구이자 서해 중부의 대표적인 어항
이다. 이곳은 백제시대부터 당나라와의 무역항으로 사
용되었던 유서 깊은 항구로, 현재도 연근해 조업어선의
거점 역할을 하고 있다.

....

🍴 그린포장마차
• 메뉴: 바지락 해장국 (₩10,000)
• 위치: 충남 태안군 근흥면 안흥1길 33
• 전화: 010-6372-0544

서해 낙조와
군산의 항구

주요 코스
몽산포해수욕장
곰섬항
간월도선착장
보령화력발전소
독산해수욕장
다사항
군산항
곰소항

주행 거리
총 286km

소요 경비(3인 기준)
조　식 바지락해장국 28,000원
중　식 청국장 28,000원
석　식 젓갈백반 57,000원
숙박비 60,000원
기　타 3,900원
합　계 242,000원

서해의 해변과 어촌마을을 따라

서해의 매력을 가득 품은 해변과 어촌마을을 따라가는 코스로, 잔잔한 파도와 갯벌, 그리고 푸른 솔숲이 조화를 이루는 여정이다. 태안만의 해변 문화와 어촌의 따뜻한 정취를 직접 경험할 수 있는 여정이다.

•주행 거리
33km

•코스 경로
안흥항(국)–연포해수욕장–채석포항–몽산포항(국)–몽산포해수욕장

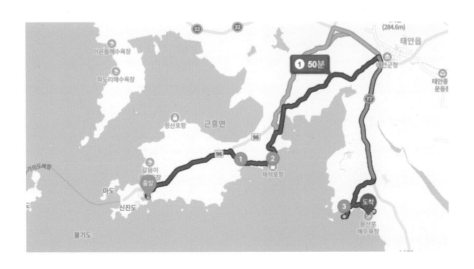

연포해수욕장

•주소 충남 태안군 근흥면 도황리 •해질녘 솔섬을 배경으로 사진을 찍으면 멋진 일몰 풍경을 담을 수 있음 •연포 해변가요제 해변에서 펼쳐지는 음악 축제(8월 초순)

수심이 얕고 경사가 완만해 가족 단위 방문객들에게 인기가 높은 해수욕장이다. 해안선을 따라 울창한 송림과 기암괴석이 어우러져 그림 같은 풍경을 연출하며, 앞바다에 떠 있는 솔섬이 이곳의 아름다움을 더욱 돋보이게 한다. 여름철에는 다양한 행사와 축제가 열려 해변을 더욱 활기차게 만든다.

채석포항

•주소 충남 태안군 근흥면 도황리 •꽃게 요리는 봄철(4~5월)과 가을철(9~10월)이 가장 맛있음 •채석포 수산물 축제 꽃게와 대하를 맛볼 기회(4월 하순)

꽃게와 대하로 유명한 서해안의 대표적인 어항이다. 사계절 내내 낚시객들이 방문하며, 한적한 어촌 분위기 속에서 신선한 해산물을 맛볼 수 있는 곳이다. 채석포항 주변은 천혜의 자연경관과 어우러져 휴식과 레저를 동시에 즐길 수 있는 곳이다.

몽산포항 & 몽산포해수욕장

•주소 충남 태안군 남면 몽산리 •몽산포 소나무숲은 해변과 바로 연결되어 있어, 해변을 따라 걷다 보면 피크닉하기 좋은 장소를 쉽게 찾을 수 있음 •수산물(주꾸미) 축제 몽산포항에서 갓 잡은 주꾸미를 맛볼 기회(5월 중)

작은 어항이지만 앞바다에 떠 있는 안목도 섬과 어우러진 낙조가 특히 아름다운 곳이다. 몽산포해수욕장은 끝없이 이어지는 백사장과 전국 최상의 소나무숲을 자랑하는 자연 휴양지로, 여행자들에게 진정한 힐링을 선사한다.

2코스
잔잔한 바다와 어촌 항구

태안의 조용한 어촌마을과 한적한 해변을 따라가다 보면 서해 특유의 잔잔한 파도와 고즈넉한 항구 풍경이 펼쳐진다. 번잡한 관광지를 벗어나 여유로운 바다를 온전히 느낄 수 있는 길이다. 이 코스는 갯벌에서 자연을 체험하고 어촌의 정취를 만끽하며, 바다를 배경으로 깊은 쉼을 누릴 수 있는 여정이다.

•주행 거리
19km

•코스 경로
몽산포해수욕장–달산포해수욕장–청포대해수욕장–마검포해수욕장–곰섬항

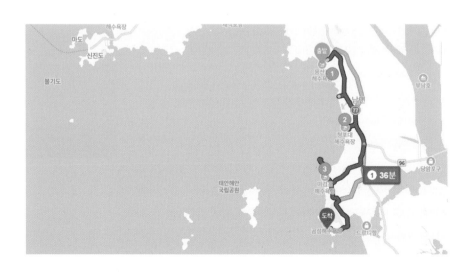

달산포해수욕장

•주소 충남 태안군 남면 달산리 •추천 방문 시간 밀물 시간(조개가 가장 많이 나오므로 물때 확인)

태안의 대표적인 조개잡이 명소로, 밀물 때 맛조개와 동백조개를 채취하는 사람들을 쉽게 볼 수 있다. 해안선을 따라 늘어선 작은 언덕과 드넓은 바다가 어우러져 한 폭의 그림 같은 풍경을 만들어낸다.

이곳에서 할 수 있는 경험
• 밀물 때 조개잡이 체험
• 넓게 펼쳐진 해안선을 따라 산책
• 바다를 배경으로 한 사진 촬영

청포대해수욕장

•주소 충남 태안군 남면 원청리 •해변 근처에는 족욕 카페와 작은 로컬 음식점들이 있어 간단한 식사와 휴식 즐기기 좋음

맑고 푸른 바다와 울창한 송림으로 둘러싸인 해변이다. 몽산포해수욕장과 연결된 넓은 백사장은 자연 속에서 조용한 휴식을 즐기기에 안성맞춤이다. 여름철이면 피서객들에게 인기가 높고, 송림 아래에서의 캠핑과 피크닉을 즐기려는 이들도 많다.

마검포해수욕장

•주소 충남 태안군 남면 신온리 •추천 방문 시간 해질 무렵(바위 위에서 감상하는 일몰이 장관)

해안 절벽의 형상이 마치 마검(馬劍)을 닮았다 하여 붙여진 이름이다. 태안의 남동쪽에 위치하며, 강렬한 파도와 바위가 어우러진 웅장한 풍경이 인상적이다. 해안선이 조용하고 한적하여 자연 속에서 사색을 즐기기 좋은 장소다.

이곳에서 할 수 있는 경험
- 절벽과 파도가 만들어내는 자연 경관 감상
- 바다를 바라보며 힐링하는 시간
- 조용한 해변에서의 여유로운 산책

곰섬항

•주소 충남 태안군 남면 신온리 •곰섬 인근에는 서해의 대표적인 해산물 음식점들이 위치해 있어 싱싱한 대하구이와 꽃게탕을 맛볼 수 있음

곰처럼 생긴 해안 지형 때문에 이름 붙여진 곳으로, 조용한 어촌의 정취를 느낄 수 있는 작은 항구다. 곰섬 해변은 자연의 평온함을 제공하며, 사람이 많지 않아 조용한 시간을 보내기에 적합한 장소다.

이곳에서 할 수 있는 경험
- 조용한 항구에서의 산책
- 자연 속에서의 힐링
- 바다를 배경으로 한 사진 촬영

3코스
역사 속 포구와 섬

서해안의 한적한 항구와 포구, 그리고 역사가 담긴 간월암을 돌아보는 코스다. 신선한 해산물과 낚시를 즐길 수 있는 포구와 독특한 자연 경관이 어우러져 있다.

•주행 거리
26km

•코스 경로
곰섬항–드르니항–당암포구–창리선착장–간월도선착장

드르니항

•주소 충남 태안군 남면 신온리 •작은 해산물 식당들이 있어 간단한 식사를 해결하기에 좋음

드르니항이라는 독특한 이름은 '들르다'에서 유래되었으며, 일제강점기에는 '신온항'으로 불렸다가 2003년 원래의 이름을 되찾았다. 작은 규모의 항구지만 운치 있는 바다 풍경과 함께 소나무숲과 백사장이 조화를 이루며, 신선한 해산물을 즐길 수 있는 곳이다.

이곳에서 할 수 있는 경험
- 한적한 항구에서 여유로운 산책
- 신선한 새우와 해산물 구매
- 백사장과 소나무숲에서 자연 감상

당암포구

•주소 충남 태안군 남면 당암리 •추천 방문 시기 가을철(주말마다 낚시대회 개최, 사전 예약 필수)

좌대낚시 명소로 유명하며, 특히 가을철 고등어 낚시를 즐기려는 낚시꾼들로 붐빈다. 조용한 어촌마을이지만 초가을이 되면 많은 낚시객과 관광객들이 찾는 곳이다.

창리선착장

•주소 충남 태안군 남면 당암리 •회 타운에서 신선한 활어회를 즐길 수 있으며, 특히 광어회와 우럭회가 인기 메뉴임

낚시객들 사이에서 잘 알려진 장소로, 선착장 근처에서 낚시를 하거나 배를 타고 좌대 낚시를 즐길 수 있는 곳이다. 여름철에는 우럭, 참돔, 점성어 등 다양한 어종이 잡히며, 선착장 주변에는 신선한 해산물을 맛볼 수 있는 회 타운도 있다.

간월도선착장

•주소 충남 서산시 부석면 간월도리 •추천 방문 시간 밀물·썰물 시간 (간월암이 섬이 되는 독특한 풍경 감상)

간월도는 '달빛을 본다'는 뜻으로, 조선시대 무학대사가 득도한 곳으로 전해진다. 이곳에 있는 간월암은 고요한 바다 위에 자리잡은 작은 암자로, 밀물 때는 섬이 되었다가 썰물 때는 길이 드러나는 독특한 풍경을 자랑한다. 이곳에서는 전통적인 쭈꾸미 잡이 방식도 볼 수 있다.

> **이곳에서 할 수 있는 경험**
> • 간월암에서 서해의 역사와 풍경 감상
> • 전통적인 쭈꾸미 잡이 방식 구경
> • 간월도 어리굴젓 축제: 10월~11월

4코스
조용한 항구와 어촌의 일상

서해안의 다채로운 어촌 풍경과 활기 넘치는 항구를 따라가는 여정이다. 자연과 어업이 조화를 이루는 이 길에서는 고즈넉한 작은 항구부터 활기찬 수산시장까지 서해의 다양한 매력을 만날 수 있다.

•주행 거리
36km

•코스 경로
간월도선착장–궁리항–남당항(국)–오천항(국)–보령화력발전소

궁리항

•주소 충남 홍성군 서부면 궁리 •항구 주변에는 작은 해산물 식당이 있어 현지 해산물을 저렴하게 즐길 수 있음

과거 왕족들의 휴양지로 사용되었던 역사를 간직한 고즈넉한 항구다. 작은 언덕 위에 남아 있는 옛 궁전 터에서 바라보는 서해의 풍경은 시간이 멈춘 듯한 감성을 불러일으킨다.

남당항

•주소 충남 태안군 서부면 남당리 •축제 기간에는 미리 예약해야 대기 시간을 줄일 수 있음

서해에서 가장 활기찬 항구 중 하나다. 사계절 내내 다양한 해산물이 풍성하게 잡히는 곳이다. 특히 쭈꾸미, 새조개, 대하 축제가 열리는 동안 많은 미식가들이 찾는다.

이곳에서 할 수 있는 경험
• 새조개 축제: 1월 중순~3월 하순
• 바다송어 페스티벌: 4월 하순~5월 초순
• 대하 축제: 9월 중순~10월 중순

오천항

•주소 충남 보령시 금산면 오천리 •추천 방문 시간 저녁(일몰이 아름다워 더욱 운치 있는 풍경 감상 가능)

이곳에서 할 수 있는 경험
• 오천항 여객터미널에서 배 타고 인근 섬 여행
• 키조개 축제: 5월 중순

해안 절벽과 아름다운 해안도로가 펼쳐진 항구다. 낚시와 해산물 요리로 유명하다. 키조개 요리가 특히 유명하며, 매년 키조개 축제가 열려 많은 방문객이 찾는다.

보령화력발전소

•주소 충남 보령시 오천면 오포리 •발전소 주변은 야경이 멋지므로 저녁 무렵 방문하면 색다른 분위기를 즐길 수 있음

높다란 굴뚝에서 뿜어져 나오는 하얀 연기가 서해 풍경과 독특한 대비를 이룬다. 바다와 발전소의 조화로운 모습이 이색적인 경관을 제공한다.

🍴 파워가든
• 메뉴: 청국장(₩7,000)
• 위치: 충남 보령시 오천면 오천해안로 11
• 전화: 041-932-8835

서해안 해변과 포구

서해안의 전형적인 항구와 해수욕장을 따라 자연과 사람이 조화를 이루는 여정이다. 각 장소마다 전설, 자연경관, 해산물, 신비한 현상 등 독특한 매력을 지니고 있어 여행자들에게 다채로운 경험을 선사한다.

•주행 거리
36km

•코스 경로
보령화력발전소–송학항–대천항–무창포해수욕장–독산해수욕장

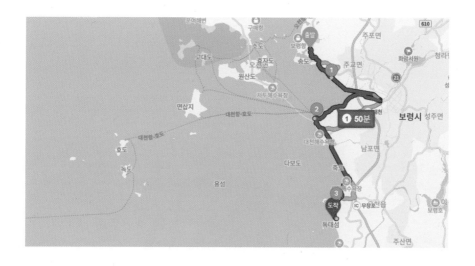

송학항

•주소 충남 보령시 주교면 송학리 •추천 방문 시간 아침(고즈넉한 분위기를 온전히 즐길 수 있음)

전설을 간직한 조용한 어촌 항구다. 전해지는 이야기로는 한나라 시대 한 왕이 낚시를 하던 중 송나무에 낚싯줄이 걸리는 일이 있었으며, 이후 이곳이 어부들에게 희망과 기쁨을 주는 항구로 자리잡았다고 한다.

대천항

•주소 충남 보령시 신흑동 •회센터가 밀집해 있어 합리적인 가격으로 해산물을 맛볼 수 있음

서해안의 대표적인 항구로, 넓은 바다와 푸른 하늘이 맞닿아 그림 같은 풍경을 자랑하는 곳이다. 또한 대천연안여객터미널에서 배를 타고 인근 섬으로 떠날 수 있어 여행자들에게 다양한 선택지를 제공한다.

이곳에서 할 수 있는 경험
• 항구 주변에서 싱싱한 해산물 구입
• 대천항 수산물 축제에서 지역 특산물 체험
• 여객터미널에서 인근 섬 여행

무창포해수욕장

•주소 충남 보령시 웅천읍 관당리 •신비의 바닷길이 열리는 날짜는 매달 다르니 방문 전 조수간만의 차이 확인 필요

넓고 아름다운 백사장과 푸른 바다로 유명한 곳이다. 특히 무창포 신비의 바닷길 현상은 매년 많은 관광객을 끌어들이는 자연 현상으로 물이 갈라지며 바닷길이 드러나는 장관을 연출한다.

이곳에서 할 수 있는 경험
• 해변에서 여유로운 산책과 물놀이
• 신비의 바닷길 체험
• 서해안의 청량한 공기와 함께 힐링
• 무창포 신비의 바닷길 주꾸미·도다리 축제: 3월 하순~4월 중순

독산해수욕장

•주소 충남 보령시 웅천읍 독산리 •추천 방문 시간 일몰 시간(더욱 로맨틱한 풍경 감상 가능)

독산해수욕장은 서해안의 고요하고 청정한 해수욕장으로, 해양 레저와 힐링을 위한 최적의 장소다. 넓게 펼쳐진 해변과 드넓은 바다는 방문객들에게 깊은 인상을 남긴다.

이곳에서 할 수 있는 경험
• 고요한 바닷가에서의 휴식
• 가족 단위 방문객에게 적합한 휴양과 관광
• 한적한 분위기 속에서 자연 감상

6코스
해안선 따라 걷는 길

서해안의 아름다운 해변과 정겨운 어촌마을을 따라가는 코스로, 자연 속에서 여유로운 시간을 보내기에 적합하다. 낚시, 해변 산책, 어촌 체험 등 다양한 경험이 가능하며, 고요한 서해안의 매력을 온전히 느낄 수 있다.

•주행 거리
36km

•코스 경로
독산해수욕장–장안해수욕장–춘장대해수욕장–홍원항(국,경)–서천마량포구–다사항

장안해수욕장

•주소 충남 보령시 웅천읍 황교리 •방조제 길을 따라가면 다양한 어종이 서식하는 낚시 명소가 많아 낚시 초보자도 쉽게 도전할 수 있음

서해안의 보석 같은 관광 명소로, 곱고 질 좋은 모래사장과 푸른 바다가 어우러진 곳이다. 3.5km 길이의 부사 방조제를 따라 걷다 보면 방조제 안쪽에서는 민물낚시, 바깥쪽에서는 바다낚시를 즐길 수 있어 낚시꾼들에게도 인기가 많다. 해변가를 따라 이어지는 산책로는 시간이 멈춘 듯한 평온함을 선사한다.

이곳에서 할 수 있는 경험
• 부사방조제에서 민물낚시와 바다낚시 체험
• 백사장에서의 여유로운 산책
• 서해의 넓은 바다를 감상하며 힐링

춘장대해수욕장

•주소 충남 서천군 서면 도둔리 •추천 방문 시간 이른 아침(조용히 해돋이를 감상할 수 있음)

천혜의 자연 조건을 갖춘 해변으로, 아카시아숲과 해송이 우거져 있어 자연과 어우러진 경관을 자랑한다. 경사가 완만하고 파도가 잔잔해 어린아이부터 어르신까지 가족 단위 방문객에게도 적합하다.

이곳에서 할 수 있는 경험
• 잔잔한 파도와 함께하는 물놀이
• 자연학습장 탐방 및 해송숲에서 힐링

서천마량포구

•주소 충남 서천군 서면 마량리 •추천 방문 시간 일출·일몰 시간

해돋이와 해넘이를 한사리에서 감상할 수 있는 국내 유일의 명소로 알려져 있다. 동쪽을 보면 장엄한 일출, 서쪽을 보면 아름다운 일몰이 펼쳐진다. 또한 서천 김양식장이 위치해 있어 국내 최고의 품질과 맛을 자랑하는 김을 맛볼 수 있다.

이곳에서 할 수 있는 경험
- 해돋이와 해넘이를 동시에 감상하는 특별한 경험
- 서천 김양식장 견학 및 해산물 요리 체험
- 서천 동백꽃 주꾸미 축제: 3월 중순~3월 하순
- 서천 자연산 광어·도미 축제: 5월 초순~5월 중순

다사항

•주소 충남 서천군 비인면 다사리 •인근 횟집에서 현지에서 잡은 광어회, 도미회를 신선하게 즐길 수 있음

서해안의 작은 어촌마을로, 주민들의 생활이 그대로 녹아 있는 정겨운 풍경을 간직한 곳이다. 작은 배들이 오가는 모습이 시간이 멈춘 듯한 고즈넉함을 자아내며 소박하면서도 평온한 분위기를 제공한다.

옛 정취가 남아 있는 항구

서해안의 대표적인 항구들을 따라가는 여정으로, 어촌의 활기와 역사적 유산을 동시에 느낄 수 있다. 과거와 현재가 공존하는 서해안의 정취를 온전히 경험할 수 있다.

•주행 거리
29km

•코스 경로
다사항(국)-장항항-군산항

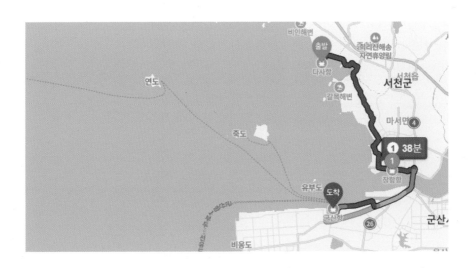

장항항

•주소 충남 서천군 장항읍 신창리 •작은 수산시장이 있어 싱싱한 활어
회, 꽃게탕, 바지락칼국수 등을 저렴한 가격에 즐길 수 있음

과거 조운선(漕運船)이 오가던 서해안의 중심 항구로, 한
때 번성했던 무역항의 흔적을 곳곳에서 찾아볼 수 있다.
시간이 흐르면서 어촌으로서의 역할이 강화되었지만,
여전히 과거의 근대 항구 분위기를 느낄 수 있는 곳이다.
바다를 따라 걷다 보면 서해안 특유의 고즈넉한 정취와
함께 어촌의 소박한 일상을 가까이에서 만날 수 있다.

이곳에서 할 수 있는 경험
- 서해안의 옛 정취를 느낄 수 있는 고즈넉한 항구 풍경 감상
- 항구 주변에서 펼쳐지는 어촌의 일상 엿보기
- 신선한 해산물을 맛볼 수 있는 작은 수산시장 탐방
- 장항항 수산물 꼴감 축제: 장항의 특산물인 '꼴감'을 활용한 다양
  한 요리를 맛볼 수 있는 축제(6월 하순~7월 초순)

군산항

•주소 전북 군산시 소룡동 •수산시장에서 제철 해산물을 저렴한 가격
에 맛볼 수 있으며, 특히 간장게장, 군산 꽃게탕, 우럭매운탕이 유명

1900년대 초반 개항한 이후 서해안 무역의 중심지로 자
리잡았으며, 지금도 여객터미널을 통해 국내외를 오가
는 배들이 활발하게 운영되고 있다. 과거와 현재가 조화
를 이루는 군산항 주변은 근대문화유산거리와 연결되어
있어 역사여행을 즐기기에도 좋다.

이곳에서 할 수 있는 경험
- 군산항 연안 및 국제 여객터미널에서 서해안의 활기 느끼기
- 해안가를 따라 펼쳐진 항구의 정취 감상
- 군산항 주변 수산시장 방문 및 신선한 해산물 맛보기
- 군산근대문화유산거리 탐방: 항구 주변의 일본식 건물과 근대 건
  축물 감상

낙조가 물든 해변

서해안의 대표적인 항구와 해수욕장을 탐방하며 자연의 경이로움과 지역 특산품의 매력을 체험하는 여정이다. 채석강의 독특한 지질 구조와 곰소항의 젓갈 문화까지 다양한 볼거리와 미식 경험을 제공한다.

•주행 거리
71km

•코스 경로
군산항-비응항-새만금무궁화공원(경)-변산해수욕장-격포항(국),채석강-곰소항

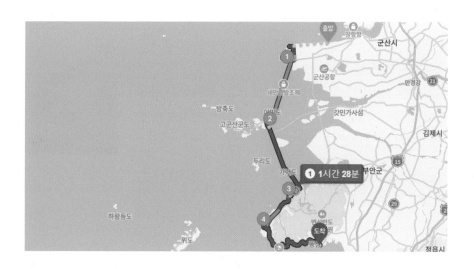

비응항

•주소 전북 군산시 비응도동

'비응(飛鷹)'이라는 이름은 매가 날아가는 모습에서 유래되었다. 조용한 어촌의 분위기를 그대로 간직하고 있으며, 하늘과 바다가 어우러지는 풍경 속에서 서해의 낭만적인 분위기를 느낄 수 있다.

이곳에서 할 수 있는 경험
- 한적한 어촌마을 풍경 감상
- 항구 주변을 따라 여유로운 산책

변산해수욕장

•주소 전북 부안군 변산면 대항리 •추천 방문 시간 일몰 시간(서해의 붉은 노을 감상 가능)

1933년 개장한 변산해수욕장은 우리나라에서 가장 오래된 해수욕장 중 하나다. 하얀 모래와 푸른 소나무가 조화를 이루어 '백사청송(白沙靑松)'이라 불릴 만큼 아름다운 경관을 자랑한다.

이곳에서 할 수 있는 경험
- 넓은 백사장에서 해수욕 및 산책
- 소나무숲길을 따라 자연 감상

격포항

•주소 전북 부안군 변산면 격포리

격포항은 변산반도의 대표적인 항구로, 해산물이 풍부한 전통적인 어촌마을이다. 근처에 위치한 채석강과 함께 서해안 여행의 필수 코스로 꼽힌다.

이곳에서 할 수 있는 경험
- 신선한 해산물로 미식 체험
- 항구 주변의 소박한 어촌 풍경 감상

채석강

•주소 전북 부안군 변산면 격포리 •추천 방문 시간 썰물 시간(해안 절벽을 가까이에서 볼 수 있음)

수천만 년 동안 파도에 의해 깎인 퇴적층이 마치 수만 권의 책을 쌓아놓은 듯한 모습을 이루는 곳이다. 이곳의 이름은 중국 당나라 시인 이태백이 달을 감상하던 채석강에서 따왔다.

> **이곳에서 할 수 있는 경험**
> • 해식동굴과 독특한 퇴적층 감상
> • 간조 시기 바닷길 탐방

곰소항

•주소 전북 부안군 진서면 곰소리

전통적인 젓갈 문화의 중심지로, 전국적으로 유명한 곰소 젓갈단지가 위치해 있다. 예부터 소금을 생산하던 지역으로, 서해 특유의 깊고 짭조름한 젓갈 맛을 경험할 수 있다.

> **이곳에서 할 수 있는 경험**
> • 곰소 젓갈단지에서 다양한 젓갈 맛보기
> • 젓갈 백반 한 상으로 미식 체험
> • 부안 곰소 젓갈 축제: 10월 초순

🍴 해송횟집
• 메뉴: 젓갈 백반(₩15,000)
• 위치: 전북 부안군 진서면 곰소항길 22-15
• 전화: 063-584-9447

목포와 해남을 잇는 서해의 길

주요 코스
계마항(국)

향화도선착장

조금나루해수욕장

압해신장성당

오시아노해수욕장

서망항(국)

주행 거리
총 327km

소요 경비(3인 기준)
조 식 백반 28,000원

중 식 돌솥밥정식 70,000원

석 식 백반정식, 꽃게무침 110,000원

숙박비 70,000원

기 타 3,600원

합 계 347,000원

1코스
갯벌과 서해의 풍요

서해안의 광활한 갯벌과 해안 풍경을 만끽할 수 있는 여정이다. 유네스코 세계유산에 등재된 고창 갯벌부터 바지락이 풍부한 갯벌 마을, 서해의 낙조 명소까지 자연과 어촌의 풍요를 동시에 경험할 수 있다.

• 주행 거리
71km

• 코스 경로
곰소항-줄포만갯벌생태공원-고창갯벌-동호해수욕장(경)-구시포해수욕장-계마항

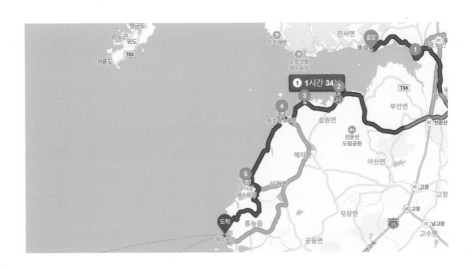

줄포만갯벌생태공원

•주소 전북 부안군 줄포면 우포리 •하전 바지락 오감 체험 페스티벌
5월 중순

과거 줄포항이었으나 방조제 축조 후 생태공원으로 조성
되었다. 2005년 환경부가 선정한 '생태복원 우수사례' 지
역으로, 자연 복원의 과정을 직접 체험할 수 있다.

고창갯벌

•주소 전북 고창군 심원면 두어리

유네스코 세계유산에 등재된 생태적 가치가 높은 갯벌
지구로, 다양한 해양 생물과 갯벌 생태계를 직접 관찰할
수 있는 곳이다.

구시포해수욕장

•주소 전북 고창군 상하면 자룡리

구시포해수욕장은 백사장과 울창한 송림이 조화를 이루
는 해변으로, 천연동굴과 기암괴석이 있는 독특한 지형
을 자랑한다.

계마항

•주소 전북 영광군 홍농읍 계마리

영광굴비의 원산지로, 칠산어장과 흑산도 어장의 전진
기지 역할을 하는 서해안의 중요한 항구다. 이곳의 기후
는 조기를 말리기에 최적이어서 전국적으로 유명한 영
광굴비가 생산된다.

....

🍴 설가네 한식뷔페
• 메뉴: 한식뷔페(₩8,000)
• 위치: 전북 고창군 심원면 심원로 174
• 전화: 063-561-5732
• 휴무: 매주 월요일

2코스
다리를 건너는 길

서해안의 대표적인 해안도로와 다리를 따라 어촌과 바다가 조화를 이루는 풍경을 감상하는 여정이다. 영광의 아름다운 해안선을 따라 달리며 노을 전망대에서 일몰을 감상하고, 서해의 항구에서 지역 특산물을 체험할 수 있다.

•주행 거리
49km

•코스 경로
계마항(국)–영광대교–백수해안공원–상정녹색체험마을(경)–설도항–향화도선착장

영광대교

•주소 전남 영광군 백수읍 구수리 •추천 방문 시간 해질 무렵(해안선을 따라 펼쳐지는 황금빛 경관 감상 가능)

영광과 백수해안도로를 연결하는 해상 교량으로, 탁 트인 서해의 풍경을 조망할 수 있는 명소다. 야간 조명으로 빛나는 다리의 모습도 장관을 이루며, 서해안의 아름다운 드라이브 코스로 손꼽힌다.

백수해안공원

•주소 전남 영광군 백수읍 백암리 •추천 방문 시간 늦은 오후(일몰을 제대로 감상하기 좋음)

서해안의 대표적인 해안도로인 백수해안도로와 연결된 유명한 공원이다. 잔디밭과 해안 둘레길이 조성되어 있으며, 노을 전망대가 언덕 위에 자리해 서해의 일몰을 감상하기에 최적의 장소다.

설도항

•주소 전남 영광군 염산면 봉남리

고즈넉한 어촌마을로, 예로부터 염산(鹽山, 소금밭) 지역으로 불렸으며, 질 좋은 천일염과 함께 새우젓 생산지로 유명하다. 이곳에서 생산되는 영광 새우젓은 전국적으로 널리 알려진 특산물이다.

향화도 선착장

•주소 전남 영광군 염산면 옥실리

붕장어와 갑오징어를 잡으러 오는 낚시꾼들에게 유명한 장소다. 특히 칠산타워가 위치해 있어 칠산대교와 인근 섬과 바다 풍경을 한눈에 감상할 수 있다.

🍽 설도항 젓갈타운
현지에서 생산된 새우젓을 곁들인 다양한 전통요리를 맛볼 수 있다.

3코스
해안선 따라 이어지는 풍경

무안의 광활한 갯벌과 서해안의 한적한 해수욕장을 따라 자연과 역사를 함께 경험할 수 있는 여정이다. 갯벌 체험과 아름다운 낙조가 여행을 더욱 특별하게 만들어 준다.

•주행 거리
33km

•코스 경로
향화도선착장-도리포항-바다펜션(경)-무안황토갯벌랜드-홀통해수욕장
-조금나루해수욕장

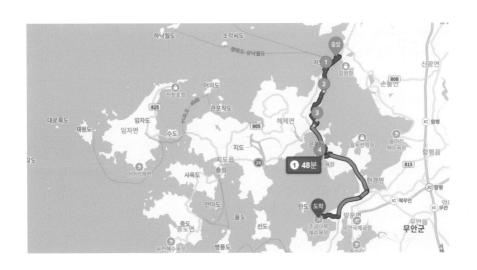

도리포항

•주소 전남 무안군 해제면 송석리

고려청자가 매장된 해저 유물 지역으로, 오랜 역사의 흔적을 간직한 곳이다. 평균 수심 8~10m의 바다 밑에는 개흙과 모래가 섞여 있으며, 시간이 멈춘 듯한 조용한 어촌 풍경이 여행자들을 맞이한다. 항구 입구에 위치한 낙지 조형물은 이곳의 특산물을 상징한다.

무안황토갯벌랜드

•주소 전남 무안군 해제면 유월리 •무안 황토갯벌 축제 6월 하순 •갯벌체험 썰물 시간대 확인 후 방문

한국의 습지보호지역 1호인 '무안갯벌'의 생태적 가치를 소개하는 교육 및 체험 공간이다. 람사르습지(1732호)로 등록된 무안갯벌은 '검은 비단'이라 불릴 정도로 독특한 생태계를 유지하며, 전국 최대 규모의 갯벌센터를 갖추고 있다.

홀통해수욕장

•주소 전남 무안군 현경면 오류리 •추천 방문 시기 여름(사람이 많지 않아 조용하게 자연을 감상하기 좋은 최적의 힐링 장소)

황금빛 모래와 푸른 바다가 어우러진 자연 그대로의 아름다운 해변이다. 어느 곳에서든 멈춰서 바다를 감상하고 싶은 곳으로, 그림 같은 풍경이 특징이다.

조금나루해수욕장

•주소 전남 무안군 망운면 송현리

긴 백사장과 울창한 송림이 조화를 이루는 천혜의 해수욕장이다. 마을 끝에 불거져 나온 지형 덕분에 바다 위 섬처럼 연결된 이곳에서는 일출과 일몰을 모두 감상할 수 있다.

4코스
압애도의 조용한 항구

전남의 한적한 어촌마을과 섬 풍경을 따라가는 여정이다. 서해의 고즈넉한 항구, 역사적인 다리, 그리고 마음의 안정을 주는 성당까지 자연과 문화가 조화롭게 어우러진다.

•주행 거리
41km

•코스 경로
조금나루해수욕장-신월항-김대중대교-숭의선착장(목나루)-압해신장성당

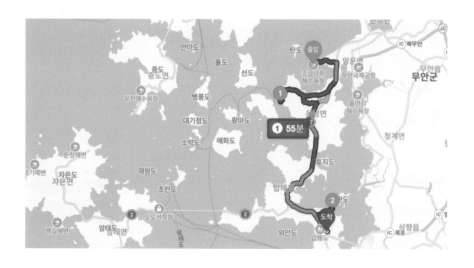

신월항

•주소 전남 신안군 운남면 대리

작은 규모의 항구지만 정겨움과 평화로움이 가득하다.
과거 어업과 무역의 중심지로 번성했던 역사가 남아 있
으며, 현재는 한적한 어촌마을의 풍경을 감상할 수 있다.

김대중대교

•주소 전남 신안군 압해읍 복룡리

전남 무안군과 신안군 압해도를 연결하는 다리로, 2013
년 개통되었다. 총 길이 925m, 폭 20m의 4차로로 건설
된 이 다리는 서해와 주변 섬을 잇는 중요한 교통로 역할
을 하며, 압해도를 드나드는 관문 역할을 한다.

숭의선착장(목나루)

•주소 전남 신안군 압해읍 분매리 •무화과 특산품 구매 가능

서해의 평온한 어촌마을로, 주민들이 주로 어업에 종사하
며 한적한 일상을 보내는 곳이다. 선착장에서 바라보는 바
다는 마치 한 폭의 그림처럼 아름다우며, 주변에 무화과나
무가 늘어서 있어 더욱 특별한 분위기를 자아낸다.

압해신장성당

•주소 전남 신안군 압해읍 신장리

여행 중 짧은 휴식을 취하며 마음의 안정을 찾기에 좋은
장소다. 서해의 바닷바람을 맞으며 잠시 여행의 여정을
되돌아볼 수 있는 곳이다.

....

🍴 꽃피는 무화가(家)

• 메뉴: 신안군 압해 무화과를 활용한 요리와 디저트
• 위치: 전남 신안군 압해읍 압해로 393-2
• 전화: 061-271-5552
• 휴무: 매주 일요일

목포에서 바라본 서해

목포와 해남을 연결하는 이 코스는 항구의 활기와 서해의 고요한 바다를 모두 경험할 수 있는 구간이다. 다도해를 배경으로 한 드라이브와 해변의 정취를 느낄 수 있다.

•주행 거리
52km

•코스 경로
압해신장성당-북항선착장-별암선착장-구림항(경)-해남등대펜션(경)
-오시아노해수욕장

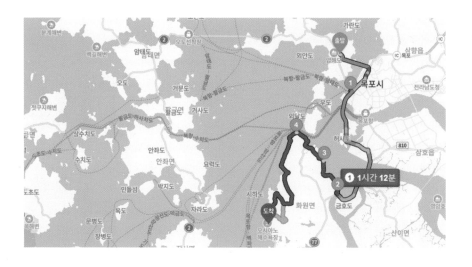

북항선착장

•주소 전남 목포시 죽교동 •목포 해상케이블카를 타면 다도해를 내려다보며 서해의 장관 감상 가능

일제강점기부터 목포의 주요 항구로 기능해 왔다. 현재도 비금도와 도초도로 가는 여객선이 운항되며, 항구에서는 활기 넘치는 어업과 무역이 이루어진다. 목포 해상케이블카 북항 승강장이 인근에 위치해 유달산과 다도해를 한눈에 감상할 수 있다.

별암선착장

•주소 전남 해남군 화원면 영호리 •선착장 근처에 조용한 카페가 있어 바다를 바라보며 커피 한 잔 즐기기 좋음

낚시 명소로 유명한 곳으로, 한적한 바닷가 분위기를 느낄 수 있다. 서해의 잔잔한 바다를 바라보며 여유로운 시간을 보내기에 적합하며, 주변의 해안도로는 드라이브하며 경치를 감상하기에 좋다.

오시아노해수욕장

•주소 전남 해남군 화원면 화봉리 •캠핑장에서 밤하늘을 감상하기에 좋음

서해안에서도 한적한 분위기를 자랑하는 해변으로, 깨끗한 모래사장과 고즈넉한 해안 풍경이 특징이다. 캠핑장도 잘 조성되어 있어 바다를 보며 하루를 마무리하기에 좋은 장소다.

이곳에서 할 수 있는 경험
• 한적한 해변에서의 휴식
• 해변 캠핑과 서해 낙조 감상
• 바닷바람을 맞으며 산책

진도로 향하는 길

해남과 진도를 잇는 코스로, 바다를 가로지르는 다리와 조용한 어촌마을, 그리고 남도의 정취를 느낄 수 있는 진도의 대표적인 항구를 만날 수 있는 여정이다.

•주행 거리
81km

•코스 경로
오시아노해수욕장-임하도선착장-진도대교(경)-가능목선착장-쉬미항-금노항
-세포항(경)-서망항(국)

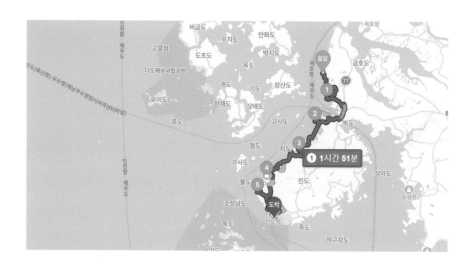

임하도선착장

•주소 전남 해남군 문내면 임하리 •추천 방문 시간 썰물 시간(상괭이를 볼 확률이 높음)

섬의 형태가 두 개의 말 모양을 닮아 '이마도'로 불리다가 울창한 산림이 조성되면서 '임하도'로 개칭되었다. 2010년 연륙교가 개통되어 육지와 연결되었으며, 이곳의 얕은 바다에는 토종 돌고래인 상괭이가 자주 출몰한다.

이곳에서 할 수 있는 경험
- 상괭이 탐방과 울돌목 물살 감상
- 조용한 해안가에서 산책

가늠목선착장

•주소 전남 진도군 군내면 나리 •선착장 근처 작은 횟집에서 즉석에서 잡은 생선회를 저렴한 가격에 맛볼 수 있음

고즈넉한 어촌마을의 정취를 느낄 수 있는 작은 선착장으로, 주민들은 주로 어업에 종사하며 평온한 일상을 이어간다. 바다를 배경으로 정박해 있는 배들과 잔잔한 파도가 어우러져 한적한 분위기를 자아낸다. 선착장 주변에는 신선한 해산물을 제공하는 작은 식당들이 있어 회와 매운탕을 부담 없는 가격에 즐길 수 있는 곳이다.

쉬미항

•주소 전남 진도군 진도읍 산월리 •추천 방문 시기 봄(부둣가 산책로 유채꽃밭 감상)

진도의 주요 항구 중 하나로, 섬 지역과 본토를 연결하는 중요한 역할을 한다. 부둣가를 따라 정박해 있는 배들과 한적한 어촌의 풍경이 어우러져 조용한 분위기를 자아낸다. 특히 봄이면 유채꽃과 목련이 만개해 부두를 감싸며 아름다운 경관을 연출한다. 부속 섬으로 가는 배를 타기 전, 항구 주변을 거닐며 여유로운 시간을 보내기에 좋은 곳이다.

금노항

•주소 전남 진도군 지산면 와우리 •금노항 장터 매주 토요일 개장(현지 수산물을 저렴하게 구매 가능)

갯벌장어로 유명한 어항으로, 마을 주민들이 직접 재배한 농산물과 갯벌에서 잡아 올린 해산물을 판매하는 작은 장터가 열린다.

서망항

•주소 전남 진도군 임회면 남동리 •추천 방문 시기 9~10월(꽃게철이라 더욱 싱싱한 해산물을 즐길 수 있음)

대한민국 최대의 꽃게 산지로, 가을이면 하루 평균 3~5톤의 꽃게가 위판되는 어업의 중심지이다. 이 덕분에 진도는 전국적인 꽃게 유통 중심지로 자리잡았다. 그러나 이곳은 세월호 참사의 아픔이 서린 곳이기도 하다. 2014년 4월 16일, 세월호가 침몰한 후 실종자 수색과 희생자 맞이를 위해 전국에서 많은 사람들이 모여들었던 곳이 바로 서망항이다. 이후 이곳은 단순한 어항을 넘어 기억과 추모의 장소가 되었고, '팽목항'이라는 이름으로 더욱 널리 불리게 되었다. 현재 팽목항에는 세월호 희생자들을 기리는 4.16 추모 조형물과 기억의 공간(진도국민해양안전관)이 마련되어 있으며, 매년 4월 16일이면 많은 이들이 이곳을 찾아 추모 행사를 진행한다.

....

🍴 엄마손 식당

• 진도 지역의 신선한 해산물과 남도 음식을 한 끼로 즐길 수 있는 가성비 좋은 식당
• 메뉴: 엄마손 정식(₩10,000)
• 위치: 전남 진도군 임회면 서망항길 44-16
• 전화: 061-544-4622

서망항

PART 2
남해 해안권

5일차

진도의 멜로디와
완도의 푸른 바다

주요 코스
금갑해변
진도휴게소(경)
갈두항
완도항
마량항(국)
율포해수욕장

주행 거리
총 289km

소요 경비(3인 기준)
조　식 백반 35,000원
중　식 전복메생이탕 50,000원
석　식 보성녹돈 84,000원
숙박비 70,000원
기　타 18,500원
합　계 323,000원

1코스
신노의 역사와 항구

진도의 대표 항구인 진도항(팽목항)과 역사적 장소인 고산둑 윤고산사당을 지나며, 조용한 금갑해변에서 여유를 즐기며, 진도의 해안 풍경과 지역의 역사적 의미를 함께 경험할 수 있다.

•주행 거리
22km

•코스 경로
서망항(국)-진도항(팽목항)-굴포항(경)-고산둑 윤고산사당-짝별방파제(경)-금갑해변

진도항(팽목항)

•주소 전남 진도군 임회면 옥대리 •조도 군도 여행 배편 이용 가능

진도 관문 역할을 하는 항구이다. 과거에는 목포-진도(팽목)-제주도를 잇는 항구였으며, 현재는 진도 근해의 섬, 조도 군도를 연결하는 항로의 출발지가 되고 있다. 22년 5월부터 육지에서 제주도로 가는 카페리 중 가장 빠른 산타모니카호가 운항중이다. 세월호의 아픈 기억이 새겨진 곳이기도 하다. 2016년 세월호 사고의 수습 항구로 사용되면서 그 영향이 아직 미치고 있다.

고산둑 윤고산사당

•주소 전남 진도군 진도읍 고산리

고산둑은 우리나라 민간 간척1호이며 고산공이 1950년 둑을 축조하여 굴포, 남섬, 백동, 신동 4개의 마을 농민들에게 나누어 농사를 짓게 하였다. 이 둑은 지금까지 한번도 무너지지 않았다. 4개 마을 주민들은 그때부터 지금까지 매년 정월대보름이면 고산사당에서 풍년과 풍어를 기원하면서 고산감사제를 지내고 있다.

금갑해변

•주소 전남 진도군 의신면 금갑리 •간조 때 조개 채취 체험 가능

백사장 길이 500m로 규모는 작지만 고운 모래밭과 완만한 경사, 맑고 깨끗한 바닷물이 자랑거리이다. 간조 때면 모래밭에서 조개도 주울 수 있어 피서지로 적합하다. 그늘이 없어 불편하지만 해변에 기암괴석이 어우러져 경치가 좋으며 근해에 어족이 풍부해 바다낚시를 즐길 수 있다.

어촌마을을 거닐다

진도의 대표적인 어업 중심지와 역사적인 항구, 고려 삼별초 항쟁의 흔적을 따라가며 바다의 풍요로움과 역사의 의미를 함께 탐방하는 여정이다. 진도의 싱싱한 해산물과 고려의 마지막 전투지를 경험할 수 있다.

•주행 거리
46km

•코스 경로
금갑해변-초평항(국)-용호항(경)-삼별초호국공원(경)-벽파항-진도휴게소(경)

초평항

•주소 전남 진도군 의신면 초사리 •추천 방문 시간 해질 무렵(초평항을 거닐며 노을 감상)

초평항은 진도군 의신면 초사리와 금계리에 걸쳐 있는 국가어항으로, 진도에서 가장 활발한 수산업이 이루어지는 곳이다. 항구 근처에는 수산물 직거래 시장이 있어 싱싱한 해산물을 바로 구매하거나 현지에서 맛볼 수 있다.

이곳에서 할 수 있는 경험
• 진도군의 어업 중심지에서 활기찬 항구 풍경 감상
• 현지 수산물 시장에서 신선한 해산물 구입
• 어촌마을에서 어업과 관련된 생활 체험

벽파항

•주소 전남 진도군 고군면 벽파리

과거 목포-완도-제주를 오가는 배들이 머물던 중요한 기착지였다. 특히 1984년 진도대교 개통 전까지는 해남과 진도를 잇는 주요 관문 역할을 했다. 울돌목이 진도와 육지를 잇는 가장 가까운 해협이지만 조류 속도가 빨라 항로로는 위험성이 컸다. 이러한 이유로 진도대교가 준공되기 전까지 해남과 진도를 오가는 사람들은 벽파항을 가장 많이 이용했다. 지금은 진도에서 가장 큰 항구로 자리잡으며, 다양한 수산물이 거래되는 어항으로도 활기를 띠고 있다.

이곳에서 할 수 있는 경험
• 진도와 해남을 연결하던 역사적인 항구 방문
• 벽파항 수산시장에서 싱싱한 해산물 맛보기
• 배가 오가는 모습을 바라보며 한적한 산책

3코스
땅끝을 향하는 길

이순신 장군의 첫 승전지였던 어란진항과 한반도 최남단 땅끝마을을 잇는 여정이다. 조용한 어촌마을과 갯벌, 김 양식장, 백사장과 소나무숲이 어우러진 해변을 따라가며, 서해안과 남해안의 자연과 역사를 함께 경험할 수 있다.

•주행 거리
75km

•코스 경로
진도휴게소–송평항–두모선착장–어란진항(국)–송호해수욕장–땅끝항(갈두항)

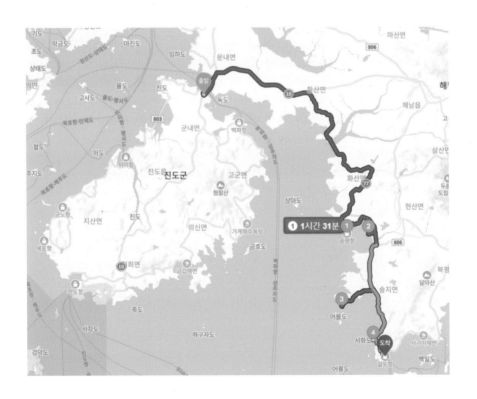

송평항

•주소 전남 해남군 송지면 송평리 •추천 방문 시기 11~1월(갓 수확한 신선한 김 구매 가능)

작은 어촌마을이지만 김 생산의 중심지로 유명하다. 어민들의 주요 생업은 김 양식과 가공업이며, 항구 주변에는 김 원재료를 실은 차량들이 분주하게 오간다. 조용한 바닷가에서 거센 바람을 맞으며 과거 어부들의 삶을 떠올릴 수 있는 장소다.

두모선착장

•주소 전남 해남군 송지면 두모리 •갯벌 체험 썰물 시간대 확인 필요

김 양식이 활발한 지역으로, 해안선을 따라 드넓은 갯벌과 청정한 바다가 펼쳐져 있다. 썰물 때면 드러나는 갯벌과 정박한 작은 배들이 어촌 특유의 한적한 풍경을 만들어낸다. 특히 갯벌 체험이 가능해 바지락이나 맛조개를 캐며 자연을 가까이에서 경험할 수 있다. 마을 곳곳에서는 갓 채취한 김과 해산물을 말리는 풍경이 펼쳐져, 이곳만의 소박한 어촌 정취를 느낄 수 있다.

> **이곳에서 할 수 있는 경험**
> • 조용한 어촌 산책과 바다 풍경 감상
> • 남해안 특유의 완만한 해안선과 갯벌 체험

어란진항

•주소 전남 해남군 송지면 어란리

임진왜란 당시 삼도수군통제사로 복귀한 이순신 장군이 첫 승리를 거둔 해전지이다. 항 근처에는 이순신 장군의 해전 흔적을 기록한 기념비가 남아 있다. 항구 앞에는 어불도라는 섬이 자연적인 방파제 역할을 하며 높은 파도를 막아주는 천혜의 조건을 갖춘 어항이다.

송호해수욕장

•주소 전남 해남군 송지면 송호리 •소나무숲 주변에는 그늘막과 벤치가 많아 피크닉 장소로도 적합

얕은 수심과 완만한 경사, 잔잔한 물결 덕분에 가족 단위 여행객들이 많이 찾는 곳이다. 백사장 뒤편에는 100~200년 된 소나무숲이 울창하게 자리잡고 있어 한적한 쉼터가 된다. 바다와 숲이 조화를 이루는 이곳은 여유로운 산책과 힐링 여행을 즐기기에 좋다.

땅끝항(갈두항)

•주소 전남 해남군 송지면 갈두리 •땅끝마을 해넘이 해맞이 축제 12.31~01.01 •땅끝전망대까지 가는 케이블카가 운영 중이라 걷기 어려운 방문객들도 편하게 전망을 즐길 수 있음

한반도의 최남단을 의미하는 '땅끝마을'에 위치한 국가어항이다. 과거 갈두항으로 불리다가 2014년 땅끝항으로 개명되었으며, 땅끝탑, 땅끝전망대 등 주변에 볼거리도 많아 이웃한 노화도, 횡간도, 흑일도 등 완도군 지역주민들과 해남을 찾는 관광객들로 늘 활기가 넘친다.

....

🅦 바다동산
• 해남의 대표 특산물인 전복, 매생이를 활용한 영양 가득 해산물 요리
• 메뉴: 전복매생이(₩15,000)
• 위치: 전남 해남군 송지면 땅끝마을길 52
• 전화: 061-532-3004

완도를 향한 여정

한반도의 최남단에서 완도까지 이어지는 여정으로, 김과 전복 양식이 활발한 작은 어촌마을과 완도대교, 완도항을 지나며 남해의 해상물류 중심지를 탐방하는 코스다.

•주행 거리
48km

•코스 경로
갈두항–사구미해변(경)–원동선착장–화흥포항–망석항–완도항

원동선착장

•주소 전남 완도군 완도읍 원동리 •낚시 팁 감성돔 낚시는 산란철(4월 ~6월)과 가을철(9월~10월)이 최적기

완도대교 남단과 북단에 걸쳐 있는 석축 선착장들로 이루어진 곳으로, 감성돔 낚시 명소로 유명하다. 감성돔은 4월 중순부터 6월 산란철까지 35~50cm 크기의 대형 개체가 배출되며, 이후 소강기를 거쳐 7월 중순부터 '살감성돔'이 나타나기 시작한다. 점차 씨알이 굵어지면서 가을까지 시즌이 이어지며, 10월까지 최적의 낚시 시기를 형성한다.

이곳에서 할 수 있는 경험
• 완도대교와 함께하는 낚시 명소 탐방
• 감성돔 낚시 시즌 체험
• 석축 선착장에서 한적한 바다 풍경 감상

화흥포항

•주소 전남 완도군 완도읍 화흥포리

화흥포항은 과거 해도(海圖) 상에서 '천지두'로 명기되어 있었으나, 2001년 11월 연안항으로 지정되면서 현재의 이름으로 불리게 되었다. 이는 무역항으로 포화 상태인 완도항의 기능을 분담하고, 제주도 및 인근 도서 지역의 해상물류, 교통, 관광 거점 역할을 수행하기 위해서였다. 화흥포항에서는 항일운동의 3대 성지 중 하나인 '소안도', 완도의 전복 80%가 생산되는 '노화도', 그리고 고산 윤선도의 세연정이 있는 '보길도'로 이동할 수 있다. 이들 섬을 연결하는 여객선으로는 각각 '대한호', '민국호', '만세호'가 운항 중이다.

이곳에서 할 수 있는 경험
• 해상 물류 중심지에서 항구의 활기 체험
• 완도와 제주를 잇는 연안항의 역할과 기능 탐방

망석항

•주소 전남 완도군 완도읍 망석리 •지역 특산물 완도 김, 전복(인근 수산시장에서 신선한 해산물 구입 가능)

망석항은 전라남도 완도군 완도읍 망석리에 위치한 작은 어항으로, 한적하고 평화로운 어촌마을의 정취를 느낄 수 있는 곳이다. 이곳 주민들은 주로 김 양식과 전복 양식을 생업으로 삼고 있으며, 해변가에 늘어선 김을 말리는 풍경은 망석항만의 독특한 정서를 자아낸다. 고즈넉한 분위기 속에서 완도의 해양 문화를 가까이에서 경험할 수 있는 곳으로, 자연과 함께하는 삶의 모습을 엿볼 수 있다.

> **이곳에서 할 수 있는 경험**
> • 전복과 김 양식장이 있는 어촌 풍경 감상
> • 해변에서 김 말리는 모습 사진 촬영
> • 마을 주민들과의 소소한 교류

완도항

•주소 전남 완도군 완도읍 군내리 •완도 장보고 수산물 축제 5월 초순
•완도의 다시마와 미역은 품질이 우수해 선물용으로 추천

해상 교통의 요충지로 발전해왔으며, 지금도 수많은 배들이 오가며 활기찬 분위기를 자아내는 항구다. 완도는 청정한 자연환경과 함께 다양한 해산물을 자랑하는 지역으로, 특히 완도산 다시마와 미역은 전국적으로도 명성이 높다. 완도는 대한민국에서 8번째로 넓은 섬인 체도(體島)로, 해양문화와 어업이 발달한 지역이다. 또한 과거 해상왕 장보고의 활동 무대였던 곳으로, 그의 업적을 기리는 드라마 〈해신〉 세트장이 조성되어 있어 역사와 문화가 어우러진 명소로 자리잡고 있다.

5코스
남해의 다리와 포구

남해안의 크고 작은 다리를 건너며 완도에서 강진 마량까지 이어지는 여정이다. 김과 전복 양식장이 펼쳐진 어촌 풍경과 활기찬 항구, 그리고 남해 특유의 조용한 바다를 감상할 수 있다.

•주행 거리
29km

•코스 경로
완도항–신지대교(경)–강동선착장(경)–송곡항–장보고대교(경)–고금대교(경)
–마량항(국)

송곡항

•주소 전남 완도군 신지면 송곡리 •추천 방문 시기 겨울철

김과 전복 양식이 활발한 항구로, 겨울이면 해변가에
펼쳐진 김을 말리는 풍경이 이곳만의 전통적인 어촌 정
취를 더한다.

이곳에서 할 수 있는 경험
• 김과 전복 양식장 풍경 감상
• 남해 어촌이 간직한 소박한 정취 경험

마량항

•주소 전남 강진군 마량면 마량리 •강진 마량미항 찰전어 축제 9월 초
순~중순 •마량놀토수산시장 매주 토요일 개장

마량(馬良)은 '말을 건너 주는 다리'라는 뜻을 가진 지명
으로, 대한민국 서남부 최남단에 위치한 어항이다. 완도
다도해 및 제주도를 연결하는 청정 해역을 끼고 있어 돔,
농어, 우럭 등 다양한 어종이 풍부한 바다낚시의 명소로
알려져 있다. 마량항 인근에는 까막섬 상록수림이 자리
하고 있는데, 이곳의 울창한 숲은 물고기들이 서식하기
에 최적의 환경을 제공하며, 해안으로 물고기 떼를 유인
하는 역할을 한다. 이러한 자연적 조건 덕분에 마량항은
예로부터 풍요로운 어업의 중심지로 자리잡아왔다.

6코스
회링포와 조용한 해변

한적한 어촌마을과 넓게 펼쳐진 갯벌, 그리고 조용한 해변을 따라가는 여정
이다. 강진의 옛 회령포는 조선 수군의 근거지로 사용되었던 역사적인 장소
이며, 삼산항과 군학항에서는 남해 어촌의 정취를 느낄 수 있다. 율포해수욕
장에서 남해의 푸른 바다를 감상할 수 있다.

•주행 거리
69km

•코스 경로
마량항(국)-진목1저수지(경)-선자리다목적회관(경)-회진항(국)-삼산항(경)-군학항
-율포해수욕장

회진항

•주소 전남 강진군 회진면 회진리 •장흥 회령포 이순신 축제 9월 초순
•추천 방문 시간 이른 아침(한적한 어촌 풍경 감상)

조선시대 '회룡포'로 불렸던 곳으로, 이순신 장군이 삼도
수군통제사로 재임명되며 전세를 뒤집는 계기가 되었던
역사적 장소다. 소설가 이청준과 한승원의 고향 바다이
며, 임권택 감독의 영화 〈천년학〉의 촬영지이기도 하다.

군학항

•주소 전남 강진군 도암면 군학리 •추천 방문 시기 간조 시간(갯벌 체
험 가능)

이순신 장군이 삼도수군통제사로 재임명된 후 첫 출정
을 준비했던 항구로, 임진왜란 당시 조선 수군의 전략
적 거점이었다. 항구 주변에는 당시의 군영지 석축과
샘 등의 유적이 남아 있어, 호국정신이 깃든 의미 있는
장소다.

율포해수욕장

•주소 전남 보성군 회천면 동율리

전국에서 유일하게 해수풀장과 해수녹차온천탕을 갖춘 해
변이다. 3,000평 규모의 인공 해수풀장은 조수 간만의 차
로 인해 변동이 심한 해수욕 환경을 보완하기 위해 조성되
었다. 해수녹차온천탕에서는 지하해수와 보성산 녹차잎을
우려낸 녹수탕에서 특별한 온천욕을 즐길 수 있다.

. . . .

🍴 뜨락 본점
• 메뉴: 녹차삼겹살 (₩15,000)
• 위치: 전남 보성군 회천면 남부관광로 2325
• 전화: 061-853-8992

6일차

남도의 미식 여행,
녹동항과
남해의 항구

주요 코스

대전해수욕장

녹동항(국)

도화면다목적복지관입구(경)

규포항

향일암

주행 거리

총 269km

소요 경비(3인 기준)

조　식 백반 35,000원

중　식 백반 34,000원

석　식 간장게장백반 51,000원

숙박비 80,000원

기　타 19,300원

합　계 284,000원

득량만의 푸른 바다

보성의 작은 항구들과 남해의 넓은 백사장을 따라가는 여유로운 해안 드라이브 코스다. 율포해수욕장에서 시작해 조용한 어촌마을과 갯내음 가득한 항구를 지나며 득량만의 푸른 바다와 평온한 풍경을 감상할 수 있다. 군농항, 서당항, 금능항에서는 정박한 고깃배와 어촌의 정겨운 모습을 만날 수 있으며, 수문동나루터를 지나면 서서히 남해의 넓은 해변이 펼쳐진다.

•주행 거리
69km

•코스 경로
율포해수욕장-군농항-서당항-금능항-수문동나루터(경)-대전해수욕장

군농항

•주소 전남 보성군 회천면 군농리 •추천 방문 시기 간조 시간(갯벌 체험)

소규모의 어선들이 정박해 있으며 한적한 분위기를 자아낸다. 갯벌이 넓게 펼쳐져 있어 어민들이 조개를 채취하는 모습을 쉽게 볼 수 있다.

서당항

•주소 전남 보성군 득량면 서당리 •추천 방문 시기 간조 시간(갯벌 체험)

보성의 전통적인 어촌문화를 엿볼 수 있는 곳이다. 해안선을 따라 작은 어선들이 정박해 있으며, 잔잔한 남해의 물결이 평화로운 분위기를 더한다.

금능항

•주소 전남 보성군 득량면 해평리 •추천 방문 시기 해질 무렵(노을 감상)

김 양식과 어업이 주요 산업이며, 어촌 특유의 정겨운 풍경이 인상적이다.

대전해수욕장

•주소 전남 보성군 웅치면 대전리

청정해역인 득량만에 자리하고 있으며, 길이 1.9km, 폭 100m에 이르는 넓고 고운 백사장과 함께 수령 100년이 넘는 소나무 500여 그루가 울창한 숲을 이루고 있다. 해변의 경사가 완만해 가족 단위 여행객들에게 적합한 피서지로 손꼽힌다. 연중 바다 낚시꾼들의 발길이 끊이지 않는 곳으로, 참새우, 능성어, 농어 등 다양한 고급 어종이 많이 잡히는 지역으로도 유명하다. 특히 이곳에서 맛볼 수 있는 별미 능성어 어죽은 담백하고 깊은 맛이 일품이다. 도보 10분 거리에는 득량만 해양 생태 탐방로가 있다.

2코스
고흥의 작은 항구

고흥의 한적한 해변과 작은 어항을 따라가는 여정이다. 길게 펼쳐진 백사장과 울창한 송림이 어우러진 대전해수욕장과 용동해수욕장에서 여유로운 시간을 보낼 수 있으며, 당남해변과 풍류해변에서는 조용한 바닷가 풍경을 감상할 수 있다. 잠두항과 녹동항을 지나며 고흥의 어촌 문화를 경험하고, 항구 특유의 활기찬 분위기도 느낄 수 있다.

•주행 거리
40km

•코스 경로
대전해수욕장-풍류해변(경)-용동해수욕장-당남해변(경)-잠두항-녹동항(국)

용동해수욕장

•주소 전남 고흥군 두원면 용동리 •추천 방문 시간 오전(한적한 해변 풍경을 감상하기 좋음) •주변 명소 남열해돋이 해변(차로 10분 거리)

울창한 송림과 시원한 해풍이 어우러진 한적한 해변으로, 포근하고 편안한 분위기가 돋보이는 곳이다. 학꽁치, 문저리, 빌돔 등이 많이 잡히는 낚시 명소로도 유명하며, 주말에는 낚시를 즐기려는 사람들의 발길이 끊이지 않는다. 인근에 고흥만 물놀이장이 있어 가족 단위 여행객들에게도 인기 있는 피서지다.

잠두항

•주소 전남 고흥군 포두면 잠두리 •추천 방문 시간 오후(석양 감상 가능) •주변 해산물 가게에서 싱싱한 특산물을 구매할 수 있음

이곳은 풍수지리상 마을 동쪽 산의 지세가 '잠두(蠶頭) 지형국'이라 하여, 식량이 풍부하고 마을이 번창하는 곳이라는 의미에서 '뉘이기' 또는 '잠두'라 불려왔다. 한적한 어촌 분위기 속에서 고흥 앞바다의 정취를 느낄 수 있는 조용한 항구다.

녹동항

•주소 전남 고흥군 도양읍 녹동리 •드론쇼 4월~11월 매주 토요일(하절기 21시, 동절기 20시) •바다 불꽃축제 5월 하순~6월 초순

1971년 국가어항으로 지정된 녹동항은 소록도, 거문도, 백도, 제주도를 연결하는 해상 교통의 중심지이자 고흥군의 주요 어업항이다. 연근해 어획량의 약 70%가 이곳에서 유통되며, 제주도와 거문도를 오가는 여객선도 운항된다. 항구는 전통시장과 상점이 밀집한 구항과 현대식 시설이 자리한 신항으로 나뉘어 있다.

다도해와 이어지는 포구

고흥 남단을 따라 국가어항과 서남해 어촌의 정취를 느낄 수 있는 여정이다. 이 코스는 서남해안 특유의 어촌 분위기와 다도해의 아름다운 풍경을 감상하며, 남해안 항구의 생생한 일상을 경험할 수 있는 길이다.

•주행 거리
23km

•코스 경로
녹동항(국)-풍남항(국)-도화면다목적복지관(경)

풍남항

•주소 전남 고흥군 풍양면 풍남리 •추천 방문 시간 오전(어선들의 출항 모습을 가까이서 볼 수 있음) •주변 명소 고흥우주발사 전망대(차로 45분 거리)

1991년 3월 1일 지정된 국가어항으로, 이곳의 명칭은 과거 풍안현(豊安縣)의 남쪽에 위치한 데서 유래하였다. 1758년 작성된 풍양현 지도에서는 '풍안포(豊安浦)'로 불렸다. 이후 1914년 행정구역 개편을 통해 고흥군 고흥면 풍남리로 개칭되었고, 현재까지 그 명칭이 이어지고 있다. 풍남항은 거문도 근해 어장을 비롯한 다도해 해역에서 조업하는 어선들의 전진 기지 및 대피항 역할을 하며, 서남해안의 대표적인 수산업 거점 항구로 기능하고 있다.

··

🍴 가나안식당

• 메뉴: 가정식 백반 (₩10,000)
• 위치: 전남 고흥군 도화면 천마로 2283
• 전화: 061-833-7968
• 휴무: 매주 일요일

바다와 역사가 어우러진 길

고흥의 해안선을 따라 조용한 어촌과 역사적인 명소를 탐방하는 여정이다. 충무공 이순신 장군이 처음 수군을 지휘했던 발포항을 지나 자연 그대로의 아름다움을 간직한 남성리해수욕장과 남열해돋이해수욕장을 거쳐간다. 공룡 발자국 화석이 남아 있는 규포항에 도착하면, 과거와 현재가 공존하는 듯한 풍경을 만날 수 있다.

•주행 거리
61km

•코스 경로
도화면다목적복지관-발포항(국)-남성리해수욕장-남열해돋이해수욕장(경)-규포항

발포항

•주소 전남 고흥군 도화면 발포리 •추천 방문 시간 아침

1991년 3월 1일 국가어항으로 지정되었다. 예로부터 수군의 요충지로 활용되었으며, 포구로서의 중요성이 높았던 지역으로 기록되어 있다. 특히 조선시대 발포진성이 있던 곳으로, 충무공 이순신 장군이 36세였던 선조 13년(1580년)에 발포만호로 부임하며 처음으로 수군 지휘관을 맡았던 역사적인 장소이기도 하다. 발포리는 1914년 행정구역 개편 당시 '내발(內鉢)'로 불리다가 1996년 본래 지명인 발포로 복원되었다.

남성리해수욕장

•주소 전남 고흥군 동일면 남성리 •추천 방문 시기 여름

내나로도(동일면) 맞은편에 위치한 자연 그대로의 청정 해변이다. 자갈과 모래, 갯벌과 바위, 파도 소리와 새소리, 후박나무 숲과 데크 산책로가 어우러져 각기 다른 매력을 선사한다. 특히 해안선을 따라 이어지는 바위 위 산책로에서는 다도해의 그림 같은 풍경을 감상할 수 있다.

규포항

•주소 전남 여수시 화정면 낭도리 •추천 방문 시간 간조 시간

여수 화정면 낭도리에 위치한 작은 항구로, 낭도는 섬의 형세가 여우를 닮아 '이리 낭(狼)' 자를 사용해 이름 붙여졌으나, 주민들은 섬의 산세가 아름답다 하여 '여산(麗山)마을'이라 부르기도 한다. 인근에는 세계 최장 공룡 보행렬 발자국 화석으로 유명한 사도가 있으며, 낭도 해안가에서도 공룡 발자국 화석이 발견된 갯바위를 찾아볼 수 있다. 또한 해안탐방로가 잘 조성되어 있어 해안 절경을 감상하며 트레킹을 즐기기 좋다.

여수의 바다와 일출

조용한 어촌과 해변을 따라가며 여수의 바다를 만나는 여정이다. 홍합 산지인 소호항과 여수의 대표 항구 국동항, 돌산항을 지나 해돋이 명소 향일암까지 이어진다. 남해 수평선 위로 떠오르는 일출이 감동적인 순간을 선사한다.

•주행 거리
76km

•코스 경로
규포항-장등해수욕장-소호항-국동항(국)-돌산항(국)-향일암

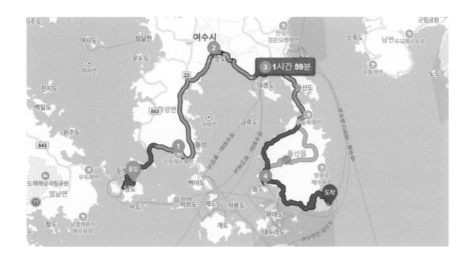

장등해수욕장

•주소 전남 여수시 화정면 장등리 •추천 방문 시간 새벽(한적한 해변에서 감상하는 일출이 특히 아름다움) •해변이 잘 알려지지 않아 조용한 시간을 보내기 좋은 숨은 명소

공공기관이 지정한 해수욕장이 아니어서 한적한 분위기가 이어지며, 주변에는 작은 어촌마을들이 자리하고 있다. 백야도, 상화도, 하화도 등의 섬들이 해변을 감싸고 있으며, 섬 사이로 떠오르는 일출이 장관을 이루는 곳이다. 해변 인근의 갯바위에서는 낚시도 가능하다.

이곳에서 할 수 있는 경험
• 섬 사이로 떠오르는 아름다운 해돋이 감상
• 갯바위에서 낚시 체험

소호항

•주소 전남 여수시 소호동 •추천 방문 시기 1월(홍합이 가장 많이 생산되는 시기로, 활기찬 항구의 모습을 경험할 수 있음)

우리나라 최대의 홍합 산지로, 해안로를 따라 길게 늘어선 홍합 작업장이 특징이다. 청정 가막만에서 채취한 홍합은 소호항 어민들에 의해 세밀한 선별 작업을 거친 후 수산시장을 통해 유통된다. 특히 1월이 제철로, 이 시기에 방문하면 산더미처럼 쌓인 홍합이 장관을 이루는 진풍경을 볼 수 있다. 또한 소호항에는 바다 너머 가덕도와 장도를 조망하며 한적하게 산책할 수 있는 데크 길이 조성되어 있으며, 방파제를 따라 걷다 보면 충무공 이순신 장군이 활동했던 역사적인 장소이자 거북선이 출정했던 선소를 만날 수 있다.

이곳에서 할 수 있는 경험
• 해안로를 따라 펼쳐진 홍합 작업장 견학
• 거북선이 출정했던 이순신 장군의 역사 탐방
• 방파제 데크 길을 따라 바다 산책

국동항

•주소 전남 여수시 국동 •추천 방문 시간 오전(수산시장이 가장 활기찬 시간대, 신선한 해산물을 저렴하게 구매 가능) •수산시장 방문 시 현지 조리식당 이용 가능

1979년 1월 20일 국가어항으로 지정되었으며, 예로부터 해산물의 집산지로 번성해왔다. 현재도 여수 지역의 대표적인 수산물 유통 중심지 역할을 하고 있다. 국동항의 이름은 구봉산 아래에 자리한 마을이 국화(菊花) 모양의 포구라는 뜻에서 국포(菊浦)라 불리다가 지금의 '국동'으로 변했다고 전해진다. 조선 태종 이후 대한제국 이전까지는 며포(旀浦)라고도 불렸다. 오늘날 국동항은 활기찬 어시장과 신선한 해산물을 맛볼 수 있는 곳으로 여수를 찾는 여행객들에게 인기가 많다.

이곳에서 할 수 있는 경험
• 여수의 신선한 해산물 직거래 시장 방문
• 국동항 주변의 현지식 맛집 탐방

돌산항

•주소 전남 여수시 돌산읍 군내리 •추천 방문 시간 오후(낮 시간대에 도착하는 어선들의 활기찬 모습 감상 가능)

여수 앞바다와 인접한 돌산도 섬에 자리하고 있다. 돌산항이 있는 군내리(郡內里)는 과거 굴래리로 불렸으며, 1896년 돌산군이 설치되면서 '군내'라는 행정구역 명칭이 붙은 것으로 전해진다. 돌산항은 풍부한 어장을 배경으로 어업이 활발하게 이루어지는 곳이며, 기상 악화 시 주변 도서 지역 어선들의 대피항 역할도 하고 있다.

이곳에서 할 수 있는 경험
• 여수 주변 도서 지역 어선들의 대피항 방문
• 신선한 수산물을 저렴하게 구입할 수 있는 수산시장 탐방

향일암

• 주소 전남 여수시 돌산읍 율림리 • 추천 방문 시간 일출 30분 전(해돋이를 감상하기 위한 최적의 시간) • 향일함 일출제 방문객이 많아 미리 이동 계획을 세우는 것이 좋음(12.31~01.01)

우리나라 4대 관음기도도량 중 하나로, 신라 원효대사가 창건하여 처음에는 원통암이라 불렸다. 이후 고려 광종 9년(958년)에 윤필거사가 금오암으로 개칭하였으며, 조선 숙종 41년(1715년) 인묵대사가 현재의 향일암(向日庵)이라는 이름을 붙였다. 이곳은 원통보전, 삼성각, 관음전, 용왕전, 종각, 해수관음상 등을 갖춘 사찰로 자리잡고 있으며, 남해 수평선 너머로 떠오르는 일출이 장관을 이루는 곳이다. 바위 지형이 거북 등처럼 생겼다 하여 영구암(靈龜庵)이라고도 불린다. 2009년 12월 20일 화재로 대웅전(원통보전), 종무소(영구암), 종각 등이 소실되었으나, 2012년 5월 6일 복원되어 낙성식을 가졌다. 매년 연말에는 향일암 일출제가 열려 많은 관광객이 찾는 해맞이 명소로도 유명하다.

> **이곳에서 할 수 있는 경험**
> • 남해 바다 위로 떠오르는 환상적인 일출 감상
> • 절벽 위 사찰에서 명상과 기도 체험
> • 전망대에서 한눈에 담는 남해안 절경 감상

🍽 **서울식당**
• 메뉴: 게장백반(₩13,000)
• 위치: 전남 여수시 돌산읍 향일암로 70-11, 1층
• 전화: 061-644-7797

🍽 **언덕마루 식당**
• 메뉴: 갈치조림(₩16,000)
• 위치: 전남 여수시 돌산읍 향일암로 69
• 전화: 061-644-4984

7일차

다랭이마을과
통영의 맛

주요 코스
신덕항
노량항(국)
염해방파제(경)
유구방파제(경)
월포해수욕장
상주은모래비치
초전몽돌해변
장포항
통영항

- -

주행 거리
총 308km

- -

소요 경비(3인 기준)
조　식 갈치조림 56,000원
중　식 멸치쌈밥 47,000원
석　식 도다리쑥국, 멍게 84,000원
숙박비 65,000원
기　타 13,500원
합　계 331,000원

1코스
한적한 해변과 작은 어항

여수 돌산 지역의 고즈넉한 해변과 어촌마을을 따라가는 여정이다. 울창한 소나무숲과 조용한 해변이 어우러진 방죽포해수욕장에서 편안한 시간을 보낸 후, 전통적인 어촌의 정취가 남아 있는 죽포항과 신덕항에서 한적한 바닷가를 거닐며 남해 특유의 잔잔한 풍경을 만끽할 수 있다.

•주행 거리
41km

•코스 경로
향일암–방죽포해수욕장–죽포항(두문포항)–월호방파제(경)–신덕항

방죽포해수욕장

•주소 전남 여수시 돌산읍 죽포리 •추천 방문 시기 여름

돌산도 남동쪽 해안에 자리한 작은 해수욕장으로, 해안선이 항아리처럼 오목하게 생겨 파도가 잔잔하고 수심이 얕아 가족 단위 여행객들에게 적합한 곳이다. 백사장 뒤편에는 200년 된 150여 그루의 울창한 소나무숲이 펼쳐져 있어 여름철에도 시원한 그늘 아래에서 휴식을 취할 수 있다. 조용한 분위기 속에서 캠핑과 야영을 즐기기에 좋으며, 해변을 따라 여유로운 산책을 하기에 안성맞춤인 곳이다.

죽포항(두문포항)

•주소 전남 여수시 돌산읍 죽포리 •추천 방문 시간 오후(햇살이 부드러워 촬영에 적합) •덜 알려진 장소로 한적한 여행을 선호하는 이들에게 추천

여수 돌산에 자리한 두문포는 죽포항과 두문포 방파제를 일컫는 작은 어항이다. 알록달록 꾸며진 포토존 덕분에 '한국의 베니스'로 불리며, 곤돌라 모양의 벤치와 이국적인 조형물들이 길게 조성되어 있다. 조형물 사이에는 외국의 랜드마크와 첨성대, 숭례문 등 한국의 상징적인 건축물이 숨어 있어 색다른 재미를 더한다. 한적한 분위기에서 바다를 배경으로 여유로운 시간을 보낼 수 있다.

신덕항

•주소 전남 여수시 신덕동 •추천 방문 시간 오전(갯벌과 일출을 동시에 감상 가능) •사람의 손길이 덜 닿은 조용한 장소로 한적한 여행을 원하는 이들에게 추천

2007년 어촌 정주어항으로 지정된 여수의 작은 어항으로, 소박한 어촌의 정취를 느낄 수 있는 곳이다. 갯벌과 어선이 어우러진 평화로운 풍경이 특징이다.

2코스
섬과 강이 만나는 곳

섬진강이 남해로 흘러드는 지점에서 강과 바다가 만나는 독특한 풍경을 감상할 수 있는 여정이다. 조용한 어촌마을과 작은 섬들이 어우러진 길을 따라가며 자연이 만들어낸 아름다운 지형과 고즈넉한 어촌의 삶을 가까이에서 경험할 수 있다. 그리고 이순신 장군의 마지막 해전이 펼쳐졌던 역사의 현장을 마주하며 자연 속에 스며든 깊은 역사적 의미를 되새길 수 있다.

•주행 거리
43km

•코스 경로
신덕항-소당도(경)-나팔포구-구와도(경)-노량항(국)

나팔포구

•주소 경남 하동군 금성면 갈사리 •추천 방문 시기 봄(섬진강을 따라 피어나는 벚꽃을 함께 감상할 수 있음)

섬진강이 남해로 흘러드는 지점에 위치한 작은 어촌마을로, 강과 바다가 만나는 독특한 지형이 만들어내는 아름다운 자연경관을 자랑한다. 청정한 환경에서 자란 풍부한 해산물로 유명하며, 마을 주변에는 소박한 어촌의 정취가 가득하다.

이곳에서 할 수 있는 경험
• 섬진강과 남해가 만나는 독특한 풍경 감상
• 신선한 해산물을 맛볼 수 있는 작은 어촌 식당 방문
• 강과 바다가 어우러진 지역 특유의 자연 생태 탐방

노량항

•주소 경남 하동군 금남면 노량리 •추천 방문 시기 가을(청명한 하늘과 함께 노량대교의 웅장한 전경 감상 가능) •가족 여행 추천 역사와 자연을 동시에 즐길 수 있음

역사적 의미가 깊은 항구로, 옛 유배지였던 이곳의 이름은 나룻배에 부딪히는 물방울이 선비들에게 이슬방울처럼 보였다 하여 유래되었다고 전해진다. 또한 이순신 장군이 최후의 결전을 벌인 노량해전의 현장으로도 유명하다. 항구를 가로지르는 노량대교는 이순신 장군의 전술인 '학익진'을 모티브로 설계되어 웅장한 자태를 자랑하며, 바다와 어우러진 장관을 연출한다. 다양한 어종이 서식하는 풍요로운 어항으로 특히 큰 갑오징어가 많이 잡히는 곳으로 낚시객들에게도 인기가 높다.

이곳에서 할 수 있는 경험
• 노량대교 감상
• 노량항 근처의 소박한 어촌 식당에서 현지 해산물 즐기기
• 낚시 체험: 숭어, 도다리, 감성돔, 갑오징어 등 다양한 어종 낚시

3코스
이순신의 항해길 따라

이순신 장군의 마지막 해전을 기리는 역사적 장소를 따라가며 남해의 한적한 어촌과 푸른 해안선을 함께 감상하는 여정이다. 잔잔한 바다와 소박한 항구 마을이 어우러진 풍경 속에서 남해 특유의 정취를 느낄 수 있으며, 한려해상국립공원의 수려한 자연 경관을 따라 걷는 여유로운 시간이 더해진다.

•주행 거리
26km

•코스 경로
노량항(국)-이순신순국공원-동갈화항-정포리방파제(경)-노구선착장(경)
-유포선착장(경)-염해방파제(경)

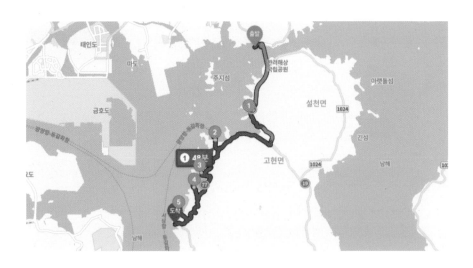

이순신순국공원

•주소 경남 남해군 고현면 차면리 •추천 방문 시간 오후(석양과 함께 공원의 아름다운 풍경을 즐길 수 있음) •가족 방문 추천 어린이들과 함께 방문하면 역사와 문화를 자연스럽게 배울 수 있음 •야간 멀티쇼 운영 여부 미리 확인 후 방문

역사와 문화를 함께 체험할 수 있는 남해의 대표적인 역사공원으로, 남해군 관음포 일대 약 9만㎡에 조성되었다. 2017년 개장한 이곳은 관음포광장과 호국광장 두 개 구역으로 나뉘어 있으며, 2019년부터 무료입장이 가능해 더 많은 방문객이 찾고 있다. 관음포광장에는 고려말 왜구를 무찌른 관음포대첩을 기념하는 정지공원과 고려 대장경 판각을 기념하는 대장경공원이 자리하고 있다. 또한 판옥선공원, 거북선공원, 학익진공원 등 이순신 장군의 업적을 체험할 수 있는 다양한 공간이 조성되어 있어, 어린이들도 역사와 문화를 자연스럽게 배울 수 있다. 호국광장에는 노량해전의 모습을 4천여 장의 분청사기로 재현한 초대형 벽화 '순국의 벽'과 이순신 장군의 동상이 세워져 있어 역사적 감동을 전한다. 공원 내 조망데크에서는 남해의 아름다운 일몰을 감상할 수 있으며, 야간에는 분수를 활용한 워터스크린과 첨단 미디어 효과가 어우러진 멀티쇼가 펼쳐져 색다른 볼거리를 제공한다.

동갈화항

•주소 경남 남해군 고현면 갈화리 •추천 방문 시기 가을(왕새우가 제철이라 신선한 요리를 맛볼 수 있음)

남해군 고현면에 위치한 작은 어항으로, 농업과 어업이 공존하는 반농반어촌이다. 한적한 어촌의 풍경 속에서 여유로운 시간을 보낼 수 있으며, 매년 9월 중순에는 왕새우 축제가 열려 신선한 새우 요리를 즐길 수 있다.

4코스
남해 어촌과 예술공간

남해의 조용한 어촌마을과 해안 풍경을 따라가는 여정이다. 잔잔한 바닷가 항구들과 어우러진 자연 속에서 한적한 산책을 즐길 수 있으며, 지역의 예술적 감성을 담은 공간들도 곳곳에 자리하고 있다. 바다와 함께하는 여유로운 분위기 속에서 남해만의 소박한 매력을 온전히 느낄 수 있는 코스다.

•주행 거리
20km

•코스 경로
염해방파제-상남방파제(경)-예계방파제(경)-구미동해변-평산항-유구항

구미동해변

•주소 경남 남해군 남면 덕월리 •추천 방문 시기 가을

약 500m 길이의 해변으로, 모래 대신 다양한 크기의 자갈이 깔려 있어 독특한 분위기를 자아낸다. 활엽수림이 해변을 둘러싸고 있어 한적하고 아늑한 느낌을 주며, 자갈밭을 지나면 기묘한 형상의 바위들이 늘어서 있어 이색적인 해안 풍경을 감상할 수 있다. 주변에는 식당을 겸한 민박집이 많아 편리하며, 텐트를 치고 야영을 즐기기에도 적합하다. 남해에서도 조용하고 깨끗한 해변으로 손꼽힌다.

평산항

•주소 경남 남해군 남면 평산리

임진왜란 당시 전라좌수영 소속 수군 지휘관 조만호가 주둔하며 성을 축조하고 '평산포(平山浦)'라 불렸던 역사적 배경을 지닌 어항이다. 해안가에는 기존 보건소 건물을 개조해 만든 바래길 작은미술관이 자리하고 있으며, 이곳에서는 주기적으로 전시회가 열려 방문객들에게 문화적 볼거리를 제공한다. 바닷가를 따라 조용한 산책을 즐길 수 있다.

유구항

•주소 경남 남해군 남면 평산리 •비교적 덜 알려져 한적한 여행을 원하는 이들에게 추천

과거 이 지역에서 유기(鍮器, 놋그릇)가 많이 발굴되면서 '유금(鍮金)'이라 불렸으며, 이후 '유구(鍮九)'로 변형되어 현재의 마을 이름이 되었다. 조용한 어촌마을로, 남해의 전통적인 어업과 생활 모습을 엿볼 수 있는 곳이다. 항구 근처에서는 갓 잡아 올린 신선한 해산물을 맛볼 수 있다.

5코스
남해 해안 절경을 걷다

남해의 해안 절경과 전통적인 농촌 풍경을 함께 감상할 수 있는 여정이다. 한적한 어촌마을을 지나며 평온한 분위기를 만끽하고, 부드러운 몽돌이 깔린 해변에서 남해 바다의 푸른 물결을 감상할 수 있다. 다랭이마을에서는 남해 특유의 계단식 논이 펼쳐진 풍경을 감상하며 해안길을 따라 걷는 여유로운 시간을 보낼 수 있다.

•주행 거리
17km

•코스 경로
유구방파제-사촌해수욕장-향촌방파제(경)-다랭이마을-월포해수욕장

사촌해수욕장

•주소 경남 남해군 남면 임포리 •추천 방문 시기 여름

길게 펼쳐진 백사장과 깨끗한 바닷물이 어우러진 조용
한 피서지다. 다른 해수욕장보다 방문객이 적어 여유롭
게 바다를 즐길 수 있다. 주변에는 방풍림이 자리하고 있
어 시원한 그늘 아래에서 휴식을 취하기에도 좋다.

다랭이마을

•주소 경남 남해군 남면 홍현리 •추천 방문 시간 해질 무렵 •추천 활동
마을 내 전통 가옥과 소박한 카페에서 여유로운 시간 보내기

선조들이 척박한 산비탈을 개간해 계단식 논을 조성한
곳으로, 독특한 경관을 자랑한다. 바다를 향해 좁고 길게
이어진 논들은 한 뼘의 농토라도 더 확보하려는 조상의
지혜를 담고 있으며, 이러한 역사적·문화적 가치를 인정
받아 2005년 1월 3일 국가 명승 제15호로 지정되었다.
바다와 어우러진 계단식 논은 남해의 대표적인 풍경 중
하나로, 사시사철 색다른 매력을 선사한다.

> **이곳에서 할 수 있는 경험**
> • 응봉산과 설흘산을 배경으로 펼쳐지는 남해 전경 조망
> • 마을 곳곳에 조성된 산책로와 전망대에서 한적한 트레킹

월포해수욕장

•주소 경남 남해군 남면 석교리

방풍림으로 조성된 송림과 몽돌과 모래가 함께 어우러진
독특한 해변을 자랑하는 곳이다. 잔잔한 파도와 아담한
크기의 해변 덕분에 가족 단위 여행객들이 조용한 시간
을 보내기에 적합하다. 곳곳에 갯바위가 있어 낚시를 즐
기기에도 좋으며, 해안 관광도로를 따라 이동하면 남해
의 빼어난 해안 절경을 감상할 수 있다. 해수욕장 좌측의
꼭두방 해변은 수려한 경관을 자랑하는 숨은 명소이다.

자연 속에서 쉼표를 찍다

남해 바다를 따라가며 한적한 어촌마을과 힐링 공간을 만나는 여정이다. 푸른 바다와 어우러진 월포해수욕장에서 시작해 독특한 분위기의 미국마을을 지나, 원천항에서는 바래길 트레킹 코스를 걸으며 남해의 청정 자연을 온몸으로 느낄 수 있다. 벽련항과 소량방파제에서는 조용한 바닷가 풍경 속에서 여유를 만끽하며, 남해힐링국민여가캠핑장에서는 자연 속에서의 쉼을 경험할 수 있다.

•주행 거리
23km

•코스 경로
월포해수욕장-미국마을(경)-남해힐링국민여가캠핑장(경)-원천항(국)-벽련항
-소량방파제(경)-상주은모래비치

미국마을

•주소 경남 남해군 이동면 용소리 •추천 방문 시기 봄, 가을 •유럽풍 또는 미국풍 건축물에 관심 있는 여행객들에게 추천

1960~70년대 미국으로 이민을 떠났던 교포들이 다시 고향으로 돌아와 정착하면서 형성된 마을이다. 미국풍 주택들이 조성되어 있어 남해에서 이국적인 분위기를 경험할 수 있는 곳이다. 마을 전체가 조용하고 한적한 분위기를 띠고 있어, 여유로운 산책을 즐기기에 적합하다. 사계절 내내 방문할 수 있으며, 마을 내 카페나 전망 좋은 곳에서 남해의 바다 풍경을 감상하면 더욱 여유로운 여행이 될 것이다.

이곳에서 할 수 있는 경험
- 미국식 주택 단지를 거닐며 이국적인 분위기 감상
- 남해 바다를 배경으로 사진 촬영

원천항

•주소 경남 남해군 이동면 신전리 •추천 방문 시기 봄, 가을 •추천 활동 남해바래길 10코스 탐방 •힐링 여행지로 추천

남해군을 대표하는 국가어항으로, 금산 자락 아래 위치해 있으며 남해바래길 10코스인 앵강다숲길의 시작점이기도 하다. '앵강만'이라는 이름은 파도 소리가 앵무새 소리와 닮아 붙여졌다고 전해진다. 조용한 항구 분위기 속에서 트레킹과 낚시를 함께 즐길 수 있어 자연을 가까이에서 경험하기 좋은 곳이다.

이곳에서 할 수 있는 경험
- 남해바래길 트레킹
- 앵강만의 잔잔한 바다 풍경 감상

벽련항

•주소 경남 남해군 상주면 양아리 •추천 방문 시간 일출·일몰 시간 •관광객이 많지 않아 한적한 분위기를 원하는 여행객들에게 추천

남해의 작은 항구로, 마을이 연꽃 모양을 닮아 '연화'라 불리다가 1946년경 '벽련(碧蓮)'으로 개칭되었다. 항구 앞에는 삿갓 모양의 작은 섬 노도가 떠 있어 독특한 해안 풍경을 자아낸다. 조용한 어촌 분위기 속에서 남해의 전통적인 바닷가 마을을 경험할 수 있는 곳이다. 사계절 내내 방문하기 좋으며, 어촌 풍경을 감상하며 여유롭게 걷기 좋다.

이곳에서 할 수 있는 경험
• 조용한 어촌 풍경 감상
• 노도와 함께 어우러진 아름다운 바다 전망
• 전통적인 남해 어촌 분위기 속에서 힐링

상주은모래비치

•주소 경남 남해군 상주면 상주리 •추천 방문 시기 여름 •주변 명소 금산 보리암

남해에서 가장 유명한 해수욕장으로, 고운 은빛 모래와 푸른 바다, 울창한 소나무숲이 어우러진 곳이다. 소나무숲 덕분에 더운 날에도 그늘 아래에서 쉴 수 있다. 한려해상국립공원에 포함되어 있으며, 전국 3대 기도처로 알려진 금산 보리암이 인근에 위치해 있어 해수욕과 산행을 함께 즐길 수 있다. 넓은 백사장과 완만한 수심 덕분에 가족 단위 방문객들에게도 인기가 높다.

이곳에서 할 수 있는 경험
• 남해 최고의 해변에서 물놀이와 해변 산책
• 소나무숲에서 피크닉과 휴식
• 금산 보리암까지 이어지는 등산 코스 탐방

남해 최남단의 바다

남해 최남단을 따라 해안의 다채로운 매력을 만날 수 있는 여정이다. 조용하고 아늑한 설리해수욕장에서 시작해, 답하마을과 미조항에서는 어촌의 활기찬 분위기를 경험할 수 있다. 특히 미조항 수산시장에서는 싱싱한 해산물을 맛볼 수 있으며, 초전몽돌해변에서는 잔잔한 파도 소리를 들으며 한적한 바닷가 산책을 즐길 수 있다.

•주행 거리
16km

•코스 경로
상주은모래비치–설리해수욕장–답하마을(경)–미조항(국)–진양수산(경)–초전몽돌해변

설리해수욕장

•주소 경남 남해군 미조면 송정리 •주변 편의시설이 미비

남해군 최남단에 자리잡고 있는 작은 해변으로, 송정솔
바람해변에서 남쪽으로 약 2km 떨어져 있다. 해변 앞에
는 섬들이 떠 있고, 뒤로는 병풍처럼 산이 둘러싸여 있
다. 마을 이름인 '설리(雪里)'는 모래가 눈처럼 희다 하여
붙여졌다는 이야기가 전해진다. 남해에서도 가장 남쪽
에 위치해 겨울에도 비교적 온화한 기후이다.

미조항

•주소 경남 남해군 미조면 미조리 •추천 방문 시기 4~6월(멸치잡이 철)

남해도 최남단에 위치한 어항으로, 조선 성종 17년(1486
년) 미조항진이 설치되었던 역사적인 곳이다. 이후 왜구
의 침입으로 폐지되었다가 중종 17년(1522년)에 다시 설
치되었다. 현재는 남해 멸치잡이로 유명한 대표적인 수
산항이다. 미조항 뒤편 도로를 따라 팔랑마을, 설리마을,
송정해수욕장까지 이어지는 해안 드라이브 코스가 조성
되어 있어 아름다운 남해의 풍경을 감상하기에도 좋다.

> **이곳에서 할 수 있는 경험**
> • 보물섬 미조항 멸치&수산물 축제: 멸치 요리 체험 및 해산물 경매
>   이벤트 진행(5월 중순)
> • 미조항 수산시장에서 저렴하고 신선한 해산물 맛보기

초전몽돌해변

•주소 경상남도 남해군 미조면 송정리

캠핑장이 조성된 초전마을에 위치한 한적한 해변으로, 여
름이면 해수욕과 일광욕을 즐기는 관광객들로 붐비지만
봄과 가을에는 조용하고 평화로운 분위기를 자아낸다. 오
랜 세월 동안 파도와 해류, 바람에 의해 둥글게 다듬어진
몽돌을 손으로 어루만지는 것만으로도 색다른 힐링이다.

8코스
몽돌해변과 어촌마을

남해 창선도를 따라 몽돌해변의 고즈넉한 아름다움과 전통적인 어촌의 정취를 느낄 수 있는 여정이다. 초전몽돌해변과 항도몽돌해변에서는 파도가 부딪히며 내는 자갈 소리를 들으며 조용한 해변 산책을 즐길 수 있다. 지족항에서는 남해의 대표적인 죽방멸치 어업 현장을 볼 수 있으며, 창선도의 장포항에서는 한적한 바다 풍경 속에서 여유로운 시간을 보낼 수 있다.

•주행 거리
33km

•코스 경로
초전몽돌해변–항도몽돌해변–양화금방파제(경)–전도방파제(경)–지족항
–당저2리회관(경)–장포항

항도몽돌해변

•주소 경남 남해군 미조면 송정리 •추천 방문 시간 간조 시간

항도(項島)마을, 일명 목섬마을로 알려진 어촌마을에 위치한 몽돌해변이다. 공식적인 해수욕장은 아니지만, 항도몽돌해수욕장으로도 불린다. 마을 이름인 '항도'는 썰물 때 마을 앞 작은 섬과 연결되는 바닷길이 나타나 목처럼 잘록하게 이어진다 하여, '목(項)'자를 사용해 지어졌다. 이 독특한 자연 현상 덕분에 간조(썰물) 시간에 방문하면 바닷길이 드러나는 신비로운 광경을 감상할 수 있다.

지족항

•주소 경남 남해군 삼동면 지족리 •추천 방문 시기 봄(죽방렴 멸치잡이의 활기찬 모습을 볼 수 있음) •근처 죽방렴 멸치 요리 전문점에서 신선한 멸치 요리를 맛볼 수 있음

죽방렴 멸치잡이로 유명한 곳으로, 창선도로 넘어가는 중요한 나루터 역할을 해왔다. '지족(知足)'이라는 이름은 옛날 사람들이 동쪽에서 와서 창선을 건너려 할 때 발(足)이 멈추어지는(知) 지점이라는 의미에서 유래했다고 전해진다. 마을마다 고유한 이야기가 전해지며, 와현(瓦峴)마을은 과거 기와 궁리가 있던 곳에서 유래되었고, 지족 2리는 연꽃 술자리를 뜻하는 '화두'라 불렸다.

장포항

•주소 경남 남해군 창선면 진동리 •근처 연륙교를 따라 드라이브하면 창선도의 아름다운 해안 풍경을 감상할 수 있음

창선도라 불렸던 이 지역은 현재 연륙교 덕분에 육지와 연결되어 교통이 편리해졌지만 여전히 섬마을 특유의 정취를 간직하고 있다. 소형 낚싯배들이 오가는 고요한 항구로, 남해의 전통적인 해양 문화를 가까이에서 경험할 수 있다.

삼천포에서 통영으로

남해안의 대표적인 항구들을 따라 이동하며 바다와 도시가 어우러진 풍경을 감상할 수 있는 여정이다. 삼천포항에서는 활기찬 수산시장과 어촌의 생활상을 엿볼 수 있으며, 사랑도여객터미널(가오치)은 섬 여행의 관문으로 섬과 육지가 만나는 독특한 풍경을 제공한다. 통영항에서는 남해안 해상 교통의 중심지로서 다양한 해양 활동과 더불어 미항(美港)의 정취를 느낄 수 있다.

•주행 거리
89km

•코스 경로
장포항–삼천포항–하일면사무소(경)–삼산면사무소(경)–가오치여객선터미널–통영항

삼천포항

•주소 경남 사천시 서동 •삼천포항 자연산 전어 축제 8월 중순 •삼천포항 수산시장 내 직거래 장터 신선한 상품을 저렴히게 구입 기능 •항구 주변 해산물 요리 전문점이 많아 싱싱한 회와 구이 등을 맛보기에 좋음

사천시에 위치한 남해안의 주요 항구로, 1966년 무역항으로 지정된 이후 서부 경남의 관문 역할을 하고 있다. 남해안과 서해안을 연결하는 중요한 거점으로, 광석류와 고령토 등의 수출뿐만 아니라 화력발전소 연료 수송 지원항으로도 발전해왔다. 또한 서부 경남 연안어업의 중심지로 멸치, 갈치, 전어, 고등어 등 다양한 어종이 풍부하게 잡히며, 매년 사천시 삼천포항 자연산 전어 축제가 열린다.

이곳에서 할 수 있는 경험
• 신선한 멸치, 갈치, 전어, 고등어 등 해산물 시장 방문
• 삼천포항 등대 인근에서 항구 풍경 감상
• 서부 경남의 연안 어업 중심지 탐방

가오치여객선터미널

•주소 경남 통영시 도산면 오륜리 •사량도 등산 덕동~옥녀봉 등산 코스 추천(남해의 절경을 한눈에 볼 수 있는 명소) •여객선 탑승 사전 예약 필수(주말 및 성수기에는 매진될 가능성 높음) •섬으로 떠나기 전 간단한 식사나 간식 준비하면 더욱 편리한 여행 가능

가오치여객터미널은 남해의 아름다운 섬 사량도로 가는 여객선을 탈 수 있는 관문으로, 덕동과 금평으로 향하는 카페리 여객선 사량호와 그랜드 페리호가 운항한다. 사량도는 등산과 낚시 명소로 유명하여 많은 여행객들이 이 터미널을 거쳐 섬으로 향한다. 터미널에서는 남해의 푸른 바다를 감상할 수 있으며, 배를 기다리면서 간단한 해산물 요리를 맛볼 수도 있다.

통영항

•주소 경남 통영시 서호동 •통영항 주변 활어시장 신선한 해산물을 구입하거나 맛볼 수 있음 •멍게비빔밥, 도다리쑥국 등 통영의 대표 해산물 요리를 즐기기에 적합한 장소 •한려해상국립공원 유람선 통영 앞바다의 섬들을 한눈에 감상 가능

이곳에서 할 수 있는 경험

• 수산물 수출입 항구에서 활기 넘치는 어항 분위기 체험
• 한려해상국립공원 동쪽의 해안선 감상
• 여객선 및 쾌속선으로 남해안과 도서 지역 이동

1963년 9월 개항한 국제무역항으로, 주로 수산물의 수출입을 담당하는 중요한 항구다. 부산, 여수, 사천, 진해, 거제 등과 인근 도서 지방을 연결하는 해상교통의 중심지이며, 일반 여객선과 쾌속선이 정기 및 부정기적으로 운항한다. 또한 한려해상국립공원의 동쪽 거점이자 인기 관광항으로, 활기 넘치는 어항 분위기와 아름다운 해안선을 감상할 수 있다.

🍴 팔도식당
• 메뉴: 도다리쑥국(₩20,000), 멍게(₩10,000), 장어탕(₩10,000)
• 위치: 경남 통영시 안개2길 25-6
• 전화: 0507-1416-6477
• 휴무: 둘째주, 넷째주 목요일

경남 해안선과
부산의 바다

주요 코스

경포항(경)

영운항

애향동산(경)

가포본동친수문화공원(경)

송정공원(경)

하리항

송정해수욕장

주행 거리

총 276km

소요 경비(3인 기준)

조　식 장어탕 34,000원

중　식 순대전골 54,000원

석　식 물총칼국수, 보쌈 69,500원

숙박비 71,500원

기　타 12,500원

합　계 307,000원

1코스
통영의 작은 포구

통영의 한적한 어촌과 해안마을을 따라가는 여정이다. 평림항과 민양항에서는 소박한 항구의 정취를, 국치마을에서는 조용한 농어촌의 분위기를 느낄 수 있다. 경포항에서는 남해의 잔잔한 바다를 바라보며 여유로운 시간을 보낼 수 있다.

•주행 거리
23km

•코스 경로
통영항–소포마을회관(경)–평림항–민양항–국치마을–벌포항(경)–경포항(경)

평림항

•주소 경남 통영시 평림동 •추천 방문 시간 아침

작은 어선들이 정박해 있는 조용한 항구로, 한적한 분위기 속에서 여유로운 시간을 보내기에 적합한 곳이다. 바닷가를 따라 걷다 보면 어촌 특유의 고즈넉한 정취를 느낄 수 있으며, 잔잔한 바다 풍경이 인상적이다.

민양항

•주소 경남 통영시 인평동 •추천 방문 시간 해질녘

작은 방파제가 자리한 한적한 어항으로, 조용한 어촌 분위기를 느끼기에 좋은 곳이다. 방파제 위를 걸으며 바닷바람을 맞거나, 통영의 어촌 풍경을 가까이에서 감상할 수 있다. 관광객이 많지 않아 여유로운 시간을 보내기에 적합한 장소다.

국치마을

•주소 경남 통영시 인평동 •추천 방문 시기 봄, 가을 •숙박 마을 공동 운영 숙박 시설을 이용하면 경제적이고 따뜻한 인심을 경험할 수 있음

바다와 어우러진 한적한 분위기가 인상적인 농어촌 휴양마을로, '동양의 나폴리'라 불릴 만큼 아름다운 경관을 자랑한다. 마을 앞바다에는 작은 섬들이 정원처럼 떠 있어 그림 같은 풍경을 감상할 수 있으며, 조용한 시골 정취 속에서 여유로운 시간을 보낼 수 있다. 마을 공동 숙박 시설이 마련되어 있어 따뜻한 인심을 느끼며 머물기에도 좋은 곳이다.

이곳에서 할 수 있는 경험
- 바다 정원처럼 떠 있는 작은 섬 감상
- 전통적인 농어촌마을에서 따뜻한 시골 정취 체험
- 한적한 분위기 속에서 힐링 여행

2코스
욕지도와 여객선 터미널

통영 산양읍의 작은 어촌마을과 어항을 탐방하는 여정이다. 해란항과 모상항의 전통 어촌 풍경, 욕지도로 가는 여객터미널이 있는 삼덕항, 그리고 척포항과 영운항의 조용한 바닷가 분위기까지 통영의 숨겨진 해안마을을 따라가는 드라이브 코스다.

•주행 거리
30km

•코스 경로
경포항–해란항–모상항–삼덕항(국)(욕지도여객터미널)–척포항–영운항

해란항

- 주소 경남 통영시 산양읍 풍화리 •추천 방문 시기 4~5월(게잡이 철)
- 관광객이 적어 조용한 여행을 원하는 이들에게 추천

통영시 산양읍 해란마을에 위치한 작은 어항으로, 마을
이름은 게가 많이 잡히고 해안 지세가 마치 게가 두 집게
발을 벌려 알을 품고 있는 형상에서 유래했다. 조용한 어
촌마을에서 한적한 바닷가 산책을 즐기거나, 전통적인
게잡이 어업을 가까이서 경험할 수 있다.

모상항

- 주소 경남 통영시 산양읍 풍화리 •추천 방문 시간 새벽,일몰 시간 •조
용한 분위기 속에서 자연과 함께 힐링하기 좋은 장소

조용한 분위기 속에서 바다를 감상하며 쉬어가기 좋은
곳이다. 관광객이 많지 않아 한적한 여행을 원하는 이들
에게 적합하며, 드라이브 코스와도 연결되어 있어 해안
풍경을 감상하며 여유로운 시간을 보낼 수 있다.

> **이곳에서 할 수 있는 경험**
> - 고요한 항구에서 여유롭게 바다 감상
> - 어촌마을의 정취를 느끼며 한적한 드라이브

삼덕항(욕지도여객터미널)

- 주소 경남 통영시 산양읍 삼덕리 •욕지도행 배편 예약 필수(성수기에
는 조기 매진될 수 있음)

욕지도 왕복 여객선이 운항하는 욕지도행 여객터미널이
위치한 항구다. 욕지도로 가는 배를 타는 주요 기점이며,
해산물과 어업이 활발한 곳이다.

> **이곳에서 할 수 있는 경험**
> - 욕지도행 여객선 승선 및 섬 여행 출발점
> - 여객터미널 주변에서 신선한 해산물 맛보기
> - 한려해상국립공원의 바다 풍경 감상

척포항

•주소 경남 통영시 산양읍 미남리 •낚시 시즌 봄, 가을 •달아길을 따라가면 아름다운 해안선을 감상하며 드라이브를 즐길 수 있음 •달아전망대 인근에서 일출과 일몰을 감상하면 더욱 특별한 여행이 될 수 있음

낚싯배와 어선이 정박하는 작은 항구로, 배편이 거의 없어 조용하고 평화로운 분위기를 유지하는 곳이다. 관광객이 많지 않아 한적한 바닷가를 즐기기에 좋으며, 낚시 명소로 알려져 있어 낚시꾼들이 자주 찾는다. 또한 항구는 미륵도 달아길에 속해 있으며, 이 길은 섬과 항구, 바다를 따라 이어지는 아름다운 해안도로로 한국의 아름다운 길 100선에 선정된 바 있다.

이곳에서 할 수 있는 경험
- 조용한 어촌마을에서 한적한 바다 감상
- 낚시 명소에서 바다낚시 체험
- 미륵도 달아길을 따라가는 해안 드라이브

영운항

•주소 경남 통영시 산양읍 영운리 •추천 방문 시기 3~5월(멍게 철) •항구 주변 해산물 식당에서 멍게비빔밥과 멍게회 등 다양한 멍게 요리를 즐길 수 있음 •관광객이 적어 조용한 분위기 속에서 한적한 어촌 풍경을 감상하기 좋음

국내 멍게 생산량의 절반을 차지하는 멍게 주산지로, 바닷가에 줄지어 떠 있는 뗏목 양식장이 독특한 풍경을 자아내는 곳이다. 이곳에서는 신선한 멍게를 맛볼 수 있으며, 바닷가에서 여유로운 시간을 보내며 조용한 어촌의 정취를 느낄 수 있다.

이곳에서 할 수 있는 경험
- 멍게 양식장의 이색적인 풍경 감상
- 국내 최대 멍게 산지에서 신선한 해산물 맛보기

항구의 음악과 역사

통영의 음악과 해양문화를 함께 체험할 수 있는 코스다. 세계적인 공연장이자 통영의 랜드마크인 통영국제음악당, 활기 넘치는 강구안 항구, 그리고 한적한 어촌 분위기를 느낄 수 있는 이종항까지 다양한 문화와 바다 풍경을 함께 즐길 수 있다.

•주행 거리
41km

•코스 경로
영운항-통영국제음악당-서항(경)-강구안-죽림만남의관장(경)-이종항-애향동산(경)

통영국제음악당

•주소 경남 통영시 도남동 •공연 일정확인 및 사전 예약 필수 •통영국제음악제 3~4월

한려수도의 아름다운 풍광과 조화를 이루는 대한민국 대표 클래식 공연장으로, 2014년 개관 이후 통영국제음악제의 중심 공간이자 통영의 랜드마크로 자리잡았다. 음악당 내부는 최고 수준의 음향 시설을 갖추고 있어 클래식 공연을 감상하기에 최적이다. 세계적 수준의 공연이 열리는 이곳에서는 윤이상국제음악콩쿠르 등 다양한 음악 행사가 펼쳐지며, 관객들에게 특별한 음악적 경험을 선사한다.

강구안

•주소 경남 통영시 중앙동 •아침 시간대 방문하면 수산시장에서 더욱 신선한 해산물을 구입 가능 •야경 명소

바다가 육지 깊숙이 들어온 천혜의 항구로, 활기찬 분위기와 정겨운 어촌 풍경이 조화를 이루는 곳이다. 고깃배들이 정박한 푸른 바다 위로 상쾌한 바닷바람이 불어오며, 충무김밥의 원조 지역으로 유명해 맛집이 밀집해 있다. 인근 중앙시장에서는 신선한 수산물과 다양한 특산물을 만나볼 수 있어, 통영의 전통적인 어촌 문화와 활기찬 시장 분위기를 동시에 경험할 수 있다.

이종항

•주소 경남 통영시 광도면 안정리 •일출·일몰 명소

전형적인 어촌의 정취를 느낄 수 있으며, 방파제에 서서 바라보는 남해의 고즈넉한 바다 전망이 인상적이다. 소박하고 한적한 어촌 풍경을 온전히 경험하고 싶은 여행자들에게 적합한 곳이다.

4코스
창원의 바다와 캠핑지

창원의 어촌 풍경과 해변, 그리고 자연 속에서 여유를 즐길 수 있는 캠핑지가 어우러진 코스다. 진동항과 광암항에서는 소박한 어촌의 정취를 느낄 수 있으며, 광암해수욕장에서 깨끗한 바다를 감상할 수 있다. 안녕오토캠핑장과 가포본동친수문화공원에서는 푸른 바다를 배경으로 자연과 함께하는 힐링의 시간을 보낼 수 있다.

•주행 거리
51km

•코스 경로
애향동산-폴라리스글램핑입구(경)-진동항-광암해수욕장,광암항(국)
-안녕오토캠핑장입구(경)-가포본동친수문화공원(경)

진동항

•주소 경남 창원시 마산합포구 진동면 고현리 •추천 방문 시기 4~6월
(미더덕 철) •창원 진동 미더덕 축제 5월 중순

전통적인 어업이 활발한 지역이며, 특히 미더덕 주산지
로 유명하다. 어민들이 갓 잡아 온 신선한 해산물을 저렴
하게 구입할 수 있다. 매년 열리는 창원 진동 미더덕 축
제에서는 다양한 해산물 요리와 경매 체험을 즐길 수 있
어 색다른 어촌 문화를 경험하기에 좋은 곳이다.

광암해수욕장

•주소 경남 창원시 마산합포구 진동면 요장리

창원시에서 유일한 해수욕장으로, 깨끗한 수질과 정비된
시설을 갖춘 해변 공간이다. 한때 진동만의 수질 악화로
폐쇄되었으나, 정화사업을 통해 2018년 다시 개장하면
서 해수욕장 지원센터, 보행로, 피크닉장 등 다양한 편의
시설이 조성되었다. 사계절 내내 시민들이 여유롭게 산
책하고 휴식을 즐길 수 있는 친수공간으로 자리잡았다.

광암항

•주소 경남 창원시 마산합포구 진동면 요장리

태봉천 하구와 광암해수욕장 사이에 자리한 작은 항구
다. 온화한 기후와 풍요로운 자연환경 덕분에 신석기시
대부터 사람들이 정착해 살아온 지역으로 알려져 있으
며, 현재도 어업이 활발하게 이루어지고 있다. 깨끗하게
정비된 항구와 인근 해변이 조화를 이룬다.

🍴 개성순대

• 메뉴: 순대전골 (₩38,000, 中)
• 위치: 경남 창원시 마산합포구 가포로 686
• 전화: 055-222-7887
• 휴무: 매주 수요일

5코스
진해에서 부산으로

창원에서 부산으로 이어지는 해안 드라이브 코스로, 여객터미널과 한적한 해변, 전망 좋은 공원을 따라 이동하며 다채로운 해안 풍경을 감상할 수 있는 여정이다. 명동도선장에서 소쿠리섬과 우도로 향하는 배를 타거나 흰돌메공원의 전망대에서 거가대교와 부산 앞바다의 야경을 감상하는 등 다양한 체험을 즐길 수 있다.

•주행 거리
48km

•코스 경로
가포본동친수문화공원–진해거제카페리여객터미널(경)–수치해변유원지–명동선착장
–흰돌메공원–송정공원(경)

수치해변유원지

•주소 경남 창원시 진해구 원포동

산을 병풍처럼 두르고 앞에는 잔잔한 바다가 펼쳐진 한적한 어촌마을이다. 조용하고 정겨운 분위기 속에서 여유롭게 바다를 감상할 수 있으며, 인근에는 임진왜란 당시 이순신 장군이 왜군을 무찌른 해전으로 유명한 합포가 위치해 있어 역사적인 의미도 깊은 곳이다.

명동선착장

•주소 경남 창원시 진해구 명동 •추천 방문 시간 썰물 시간

소쿠리섬과 우도를 왕복 운행하는 도선 선착장으로, 승선을 하면 섬에 내려 트레킹과 낚시를 즐길 수 있다. 특히 소쿠리섬과 웅도 사이에서는 '모세의 기적'이라 불리는 신비의 바닷길이 열려, 썰물 시간에 맞춰 방문하면 바닷길을 걸어 웅도까지 도보 이동이 가능하다. 명동도선장 앞에는 음지교가 있어 작은 섬인 음지도로 연결되며, 이곳에는 진해해양공원이 자리하고 있다. 공원 내에는 어류생태학습관, 해전사체험관, 해양솔라파크, 해양생물테마파크 등 다양한 체험 시설이 있으며, 99타워는 창원의 랜드마크로 꼽힌다.

흰돌메공원

•주소 경남 창원시 진해구 남문동

흰돌이 많아 백석산이라 불리던 곳에 조성된 공원으로, 아름다운 전망과 야경을 자랑하는 명소다. 공원 내 전망대에서는 가덕도와 거제도를 잇는 거가대교, 그리고 신항만의 전경을 한눈에 담을 수 있다. 특히 해가 질 무렵부터 밤까지 이어지는 야경이 외국의 도심 풍경을 연상케 할 만큼 아름답다.

6코스
부산의 바다와 낚시 명소

부산의 대표적인 해안 명소와 낚시 명소를 따라가는 여정이다. 낙동강과 남해안이 만나는 다대포해수욕장, 부산항의 핵심 역할을 하는 감천항, 그리고 부산에서 가장 오래된 송도해수욕장을 지나 태종대전망대에서 푸른 바다를 감상하고 하리항에서 낚시 체험까지 할 수 있다.

•주행 거리
51km

•코스 경로
송정공원-을숙도휴게소(경)-다대포해수욕장-감천항-부산송도해수욕장
-태종대전망대(경)-하리항

다대포해수욕장

•주소 부산 사하구 다대동 •추천 방문 시간 일몰 시간 •주변 명소 몰운대공원과 낙조전망대 •야간 분수쇼 4월~10월

낙동강과 남해안이 만나는 곳으로, 오랜 풍화작용으로 형성된 희고 고운 모래사장이 특징이다. 부산에서 일출과 일몰을 동시에 감상할 수 있는 명소로, 자연이 선사하는 황홀한 경관을 즐길 수 있다. 수심이 얕고 수온이 따뜻해 가족 단위 여행객들에게 적합한 해수욕장이며, 4월 말부터 10월까지 화려한 야간 분수쇼가 펼쳐져 여행의 즐거움을 더한다.

이곳에서 할 수 있는 경험
- 부드러운 모래사장에서 해변 산책
- 부산 최고의 일출과 일몰 감상
- 음악과 함께하는 다대포 꿈의 낙조분수쇼 관람

감천항

•주소 부산 사하구 구평동 •감천항 수산물 시장 싱싱한 해산물을 저렴한 가격에 구매 가능 •낚시 체험 조류 흐름과 낚시 포인트 미리 확인 •주변 명소 감천문화마을

북항, 남항, 다대항, 신항과 함께 부산항을 구성하는 대표적인 항만으로, 동편, 서편, 중앙 부두로 나누어진다. 부산의 해양 물류 중심지이자 국제 수산물 도매시장이 자리한 곳으로, 다양한 해산물을 만나볼 수 있다. 특히 감천항 동방파제는 사시사철 낚시가 가능한 천혜의 낚시터로, 수심과 조류가 원활하고 다양한 어종이 잡혀 낚시꾼들에게 인기 있는 장소다.

이곳에서 할 수 있는 경험
- 감천항 동방파제에서 바다낚시 체험
- 국제 수산물 도매시장에서 신선한 해산물 구입

부산송도해수욕장

•**주소** 부산 서구 암남동 •**추천 방문 시간** 해질 무렵 •송도해상케이블카 해변과 부산의 전경을 한눈에 조망할 수 있음 •해변을 따라 조성된 송도구름산책로를 걸으면 더욱 특별한 바다 풍경을 즐길 수 있음

부산에서 가장 먼저 개장한 해수욕장(1913년)으로, 자갈치시장에서 3km 떨어진 곳에 위치한 아름다운 해변이다. 부산의 상징인 갈매기와 함께하는 조용한 바다 풍경이 인상적이며 멀리 영도를 배경으로 한 해안 경관이 장관을 이룬다.

> **이곳에서 할 수 있는 경험**
> • 부산의 상징인 갈매기와 함께하는 바다 산책
> • 송도해변을 따라 이어지는 송도구름산책로 탐방
> • 자갈치시장과 가까운 거리(3km): 신선한 해산물 맛보기

하리항

•**주소** 부산 영도구 동삼동 •**낚시 체험** 출항 및 철수 시간을 미리 확인, 낚싯배 대여 업체가 많아 초보자도 쉽게 낚시를 즐길 수 있음

부산의 영도에 위치한 대표적인 어항으로, 유어장(좌대) 해상 낚시터가 운영되어 전국의 낚시인들에게 인기 있는 장소다. 하리 선착장에서 배를 타고 이동하면 부산시 수협 동삼 어촌계에서 운영하는 유료 해상 낚시터(4동)를 이용할 수 있으며, 벵에돔, 감성돔, 쥐치, 놀래기 등 다양한 어종을 낚을 수 있다. 낚시에 익숙하지 않은 초보자도 낚싯배 대여 서비스를 통해 쉽게 낚시를 체험할 수 있다.

> **이곳에서 할 수 있는 경험**
> • 유료 해상 낚시터에서 낚시 체험
> • 하리항 주변 바닷가에서 신선한 해산물 맛보기

7코스
해운대와 해안도로

부산의 대표적인 해안 절경과 해변을 따라가는 드라이브 코스로, 다채로운 바다 풍경을 만끽할 수 있다. 오륙도해맞이공원에서는 동해와 남해가 만나는 장관을 감상하고, 광안리와 해운대에서는 활기찬 도심 해변의 매력을 경험할 수 있다. 여정을 마무리하는 부산송정해수욕장에서는 한적하고 여유로운 분위기 속에서 푸른 바다를 감상할 수 있다.

•주행 거리
32km

•코스 경로
하리항–오륙도해맞이공원–용호별빛공원–남천항–광안리해수욕장–해운대해수욕장
–부산송정해수욕장

오륙도해맞이공원

•주소 부산 남구 용호동 •추천 방문 시간 일출 시간 •스카이워크는 미끄러울 수 있으므로 운동화 착용 추천

부산에서 오륙도를 가장 잘 조망할 수 있는 전망 명소로, 오륙도 맞은편 언덕 위에 위치한다. 이곳에서는 동쪽 해안을 동해, 서쪽 해안을 남해로 구분하여 바라볼 수 있으며, 공원의 대표적인 명소인 스카이워크에서는 오륙도를 배경으로 한 멋진 전망을 감상할 수 있다. 부산 최고의 해돋이 명소이다.

용호별빛공원

•주소 부산 남구 용호동 •추천 방문 시간 저녁

부산 남구가 용호부두 일원을 한시적으로 개방하여 조성한 주민친화형 힐링 공간으로, 30년 만에 시민들에게 돌아온 장소다. 2019년 러시아 선박의 광안대교 충돌 사건 이후 부두 운영이 중단되었고, 부산항만공사와의 협약을 통해 재개발 전까지 개방되었다. 2021년 7월 개장한 이후 2022년 한국관광공사가 선정한 대한민국 안심 관광지로 꼽힌 바 있으며, 부산 도심과 바다를 함께 감상할 수 있는 조용한 야경 명소로 인기를 끌고 있다.

남천항

•주소 부산 수영구 남천동 •추천 방문 시간 저녁(광안대교 야경)

금련산에서 발원해 수영만으로 흐르는 '남천(南川)'에서 이름이 유래되었다. 광안리해수욕장의 일부가 포함되어 있어, 해변과 고급 주택가가 어우러진 지역으로도 유명하다. 항구와 인접한 해안가를 따라 광안리로 이어지는 산책로가 조성되어 있어 부산 특유의 여유로운 분위기 속에서 바다를 감상하며 산책을 즐기기에 좋은 장소다.

광안리해수욕장

•주소 부산 수영구 민락동 •추천 방문 시간 밤 8시 이후 •여름철에는
광안리 불꽃축제가 열려 더욱 화려한 볼거리 제공

반월형으로 휘어진 해변과 깨끗한 수질을 자랑하는 부
산의 대표 해수욕장이다. 조선시대 동래군 남촌면 광안
리에서 유래한 이름으로, 과거 '남장(南場)'이라 불리던
모래언덕이 넓어 '광안(廣岸)'이라 명명되었고, 이후 '편
안할 안(安)' 자를 사용해 오늘날의 광안리(廣安里)로 불리
게 되었다. 광안리해변에서는 광안대교를 배경으로 탁
트인 바다 전망을 감상할 수 있으며, 밤이 되면 화려한
조명과 함께 LED 드론쇼, 음악 공연 등 다채로운 볼거리
가 펼쳐져 부산의 야경 명소로도 유명하다.

해운대해수욕장

•주소 부산 해운대구 우동 •여름 성수기에는 사람이 많으므로 아침 시
간대 방문하면 한적하게 해변을 즐길 수 있음 •주변 명소 동백섬, 해운
대 블루라인파크, 달맞이고개

백사장 길이 1.5km, 너비 30~50m, 평균 수심 1m의 넓
은 백사장과 아름다운 해안선을 자랑하는 부산 대표 해
변이다. 얕은 수심과 잔잔한 물결 덕분에 해수욕을 즐기
기에 최적의 조건을 갖추고 있으며, 부산을 대표하는 관
광지로 매년 수많은 피서객이 찾는다. 해마다 정월대보
름에는 달맞이 축제가 열려 전통문화를 체험할 수 있으
며, 겨울철에는 이색적인 행사인 북극곰수영대회가 개
최되어 차가운 바다에서 펼쳐지는 특별한 경험을 선사
한다.

> **이곳에서 할 수 있는 경험**
> • 국내 최대 규모의 해수욕장에서 바다 체험
> • 매년 열리는 정월대보름 달맞이 축제 및 북극곰수영대회 참가

부산송정해수욕장

•주소 부산 해운대구 송정동 •서핑 명소 파도가 적당해 초보자도 서핑 입문하기에 좋음 •주변 명소 죽도공원(해안 절경을 감상하며 산책 가능) •성수기를 피해 방문하면 더욱 한적하고 여유로운 해변을 즐길 수 있음

부드러운 모래, 완만한 경사, 얕은 수심을 갖춘 가족 휴양지로, 어린이와 함께 해수욕을 즐기기에 좋은 곳이다. 부산의 대표 해변보다 비교적 조용하고 한적한 분위기를 유지하고 있으며, 특히 서핑 명소로도 유명해 초보부터 숙련자까지 다양한 서퍼들이 찾는다. 해마다 대보름 미역축제, 송정해변축제, 송정죽도 문화제 등 지역 특색이 살아 있는 행사가 열려 더욱 다채로운 즐거움을 선사한다.

이곳에서 할 수 있는 경험
- 조용한 해변에서 가족들과 편안한 휴식
- 한적한 분위기 속에서 해양 레포츠 체험

🍴 송정 물총 칼국수
- 메뉴: 물총칼국수(₩10,000), 맛보기 보쌈(₩24,000)
- 위치: 부산 해운대구 송정중앙로6반길 184, 1층
- 전화: 0507-1491-6662

🍴 엄마손 대구탕
- 메뉴: 대구탕(₩13,000)
- 위치: 부산 해운대구 송정중앙로 6번길 20
- 전화: 051-703-8683
- 휴무: 매주 월요일

PART 3
동해 해안권

9일차

호미곶 일출과
동해안의 항구들

주요 코스
임랑해수욕장
솔개공원
당사항
가곡항
모포항
호미곶해맞이광장
우목항
강구항
대진해수욕장(영덕군)

주행 거리
총 279km

소요 경비(3인 기준)
조 식 대구탕 44,000원
중 식 물회 50,000원
석 식 자연산 회 108,000원
숙박비 60,000원
기 타 5,400원
합 계 332,000원

1코스
기장의 해변과 어촌

부산 기장군의 해안선을 따라 한적한 어촌과 자연경관을 감상할 수 있는 여정이다. 푸른 바다와 해변이 이어지는 길을 따라가며, 전통적인 어촌의 소박한 풍경과 기장 특유의 해양 문화를 체험할 수 있다.

•주행 거리
21km

•코스 경로
부산송정해수욕장–동암항–대변항–이동항–칠암항–임랑해수욕장

동암항

•주소 부산 기장군 기장읍 시랑리

조용한 어촌 분위기 속에서 여유로운 시간을 보낼 수 있는 곳이다. 인근에는 국립수산과학원과 수산인력개발원이 있어 해양 연구 및 수산업과 관련된 다양한 시설을 탐방할 수 있다. 또한 북쪽으로는 오랑대공원과 해동용궁사, 북서쪽으로는 동부산 관광단지가 가까이 있어 관광명소와 연계한 여행이 가능하다.

대변항

•주소 부산 기장군 기장읍 대변리 •기장멸치축제 다양한 멸치 요리와 전통 어업 체험 가능(매년 봄) •주변 명소 죽도,기장시장

기장의 대표적인 멸치 주산지로 '멸치의 고장'이라 불리는 곳이다. 동해의 거센 물살과 접해 있지만, 자연 방파제 역할을 하는 죽도 덕분에 천혜의 어항으로 자리잡았다. 봄철이면 길이 15cm에 달하는 왕멸치가 대량으로 잡히며, 항구에 정박한 멸치 어선들이 노랫가락에 맞춰 멸치를 털어내는 모습은 대변항을 대표하는 상징적인 풍경이다.

이동항

•주소 부산 기장군 일광읍 이천리 •전마선 체험 사전 예약 필요 •해안도로 드라이브 추천

기장의 작은 전통 어촌마을로, 한적한 해안 풍경과 함께 전마선을 타고 낚시를 즐길 수 있는 곳이다. 이곳에서는 주로 도다리와 학꽁치가 잡히며, 잔잔한 바다 위에서 조용히 낚시를 체험하기에 적합하다. 상업적인 관광지보다 조용한 어촌의 정취를 느끼고 싶은 여행객에게 추천되는 장소다.

칠암항

•주소 부산 기장군 일광읍 칠암리 •기장 붕장어 축제 신선한 붕장어 요리를 저렴하게 맛볼 수 있음(6월 중순~하순) •야구팬을 위한 명소

방파제가 있는 작은 항구로, 한국 야구를 기념하는 '야구 등대'가 세워진 곳으로 유명하다. 2008년 베이징 올림픽 금메달 신화를 기념하여 만들어진 이색적인 등대로, 야구 방망이와 글러브, 야구공을 형상화한 디자인이 인상적이다. 또한 롯데 자이언츠의 전설적인 투수 故 최동원 선수의 추모관이 있어 야구팬들에게는 더욱 특별한 장소다. 하얀 야구 등대 외에도 붕장어 등대(노란 등대)와 갈매기 등대(빨간 등대)가 자리하고 있어 다양한 볼거리를 제공한다.

> **이곳에서 할 수 있는 경험**
> • '야구 등대'에서 한국 야구의 역사적인 순간을 기념
> • 故 최동원 선수 추모관 방문

임랑해수욕장

•주소 부산 기장군 장안읍 임랑리 •성수기(여름철)를 피해 방문하면 더욱 조용하고 여유로운 분위기를 즐길 수 있음 •해변 주변에 송림이 조성되어 있어 그늘에서 피크닉을 즐기기에 적합 •해안도로를 따라 월내해수욕장과 함께 방문하면 더욱 알찬 여행 코스 가능

임랑해수욕장은 월내해수욕장과 함께 '임을랑포'라 불리는 기장의 대표 해변 중 하나다. 이곳의 이름은 울창한 송림(松林)과 달빛에 반짝이는 은빛 파랑(波浪)에서 유래되었으며, 차성가에서도 "도화수 뛰는 궐어 임랑천에 천렵하고, 동산 위에 달이 떠 월호에 선유한다"라는 구절로 그 아름다운 경관을 예찬했다. 특히, 기장 팔경 중 하나인 '월호추월(月湖秋月)'로 불릴 만큼 빼어난 풍광을 자랑하며, 한적한 분위기 속에서 여유로운 해변 산책을 즐기기에 좋은 곳이다.

2코스
동해의 일출 명소

부산에서 울산으로 넘어가며 한적한 어촌마을과 해변을 감상하는 코스다.
특히, 한반도에서 가장 먼저 해가 뜨는 간절곶과 자연 친화적인 솔개공원을
방문하며 해돋이와 동해안 절경을 동시에 경험할 수 있다.

•주행 거리
15km

•코스 경로
임랑해수욕장-월내항-신리항-나사해수욕장-간절곶-솔개공원

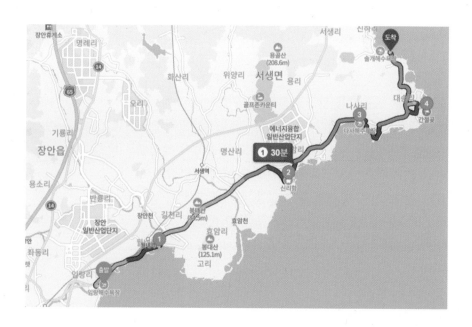

월내항

•주소 부산 기장군 장안읍 월내리 •사진 스팟 어선이 정박한 풍경을
촬영하기 좋음 •해산물 구입시 이른 아침 방문 추천

기장군 장안읍에 위치한 대표적인 지방어항으로, 전통
적인 항구 분위기가 고스란히 남아 있는 곳이다. 규모는
크지 않지만 한적한 어촌 풍경을 감상하기 좋으며, 신선
한 해산물을 구입할 수 있는 항구로도 알려져 있다. 주변
에는 월내해수욕장과 임랑해수욕장이 가까워 해변과 항
구를 함께 즐기는 여행 코스로도 적합하다.

신리항

•주소 울산 울주군 서생면 신암리 •소규모 낚시 포인트로 낚시 애호가
들에게 추천 •서생면의 해안도로드라이브 추천

번잡한 관광지와 달리 한적한 어촌의 정취를 느낄 수 있
는 작은 항구다. 울산 바다의 맑고 푸른 풍경을 감상할
수 있으며, 소규모 방파제에서 조용히 바다 낚시를 즐기
기에 적합한 장소다. 도다리, 우럭 등 다양한 어종이 잡
히며, 낚시 애호가들에게 특히 추천된다.

나사해수욕장

•주소 울산 울주군 서생면 •주변 명소 서생포왜성,간절곶

모래가 쌓여 육지가 된 '나사(羅沙, 모래가 뻗어 나간다는 뜻)'
마을에 위치한 해변이다. 육각 모래 해변으로, 모래가 몸
에 잘 엉겨 붙지 않아 물놀이 후에도 깔끔하게 털어낼
수 있는 특징이 있다. 울산과 부산 사이에 자리잡아 비
교적 덜 붐비며, 깨끗한 물과 고운 백사장 덕분에 한적
하고 여유로운 해변을 즐기기에 좋은 장소다.

간절곶

•주소 울산 울주군 서생면 대송리 •간절곶 해맞이 축제 매년 1월 1일
•일출 명소 새벽 5시경 도착 추천(주차장이 협소함) •인근에 간절곶 소
망우체통이 있어 특별한 메시지를 남길 수 있음 •간절곶 해안길을 따라
한적한 산책을 즐기기에 좋음

한반도에서 가장 먼저 해가 떠오르는 명소로, 해맞이의
상징적인 장소다. 1920년부터 울산 앞바다를 비춰온 간
절곶 등대는 100년 넘는 시간 동안 뱃길을 밝히며 역사
적인 랜드마크로 자리잡았다. 특히 2000년 새천년의 첫
해가 가장 먼저 떠오른 곳으로 알려져 있으며, 영일만의
호미곶보다 1분, 강릉 정동진보다 5분 더 일찍 해돋이를
감상할 수 있는 곳이다. 광활한 바다를 배경으로 펼쳐지
는 일출 장관은 사계절 내내 많은 여행객을 불러 모은다.

솔개공원

•주소 울산 울주군 서생면 진하리 •추천 방문 시간 일몰 시간(운치 있
는 바다 풍경 감상 가능) •주변 명소 나사해수욕장

해안가에 자리한 자연친화적인 해안공원으로, 인공 조
형물 없이 자연 그대로의 풍경을 살려 조성된 힐링 명소
다. 제주도의 해안공원을 벤치마킹하여 조성된 만큼 이
국적인 분위기가 느껴지며, 도보 3분 거리에 해안이 있
어 산책과 낚시를 즐기기에 좋은 장소다. 탁 트인 바다
전망과 함께 조용한 산책을 즐길 수 있으며, 울산에서 비
교적 한적한 해안 여행지를 찾는 이들에게 추천된다.

> **이곳에서 할 수 있는 경험**
> • 해안가를 따라 걸으며 자연친화적인 공원 감상
> • 낚시 명소에서 바다 낚시 체험

3코스
울산의 바다와 항구

울산의 바다와 항구를 따라가는 여정으로, 해돋이 명소 강양항에서 시작해 울산의 해양 문화를 간직한 장생포항과 일산항을 거친다. 주전몽돌해변에서는 파도 소리를 들으며 자연이 만들어낸 독특한 해안 절경을 감상할 수 있으며, 당사항에서는 바다를 따라 트레킹하며 동해안의 시원한 풍광을 만끽할 수 있다.

•주행 거리
48km

•코스 경로
솔개공원–강양항–장생포항–일산항–주전몽돌해변–당사항

강양항

•주소 울산 울주군 온산읍 강양리 •강양항 멸치 축제 4월~5월 •일출 명소 새벽 5시경 도착 추천 •추천 방문 시기 4~6월(멸치 손질 작업이 이루어져 더욱 생생한 현장 체험 가능) •주변 명소 명선교,진하해수욕장

울산의 대표적인 일출 명소로, 해돋이를 감상하기 좋은 장소로 손꼽힌다. 명선교를 건너면 진하해수욕장으로 바로 연결되어 해안 풍경과 함께 여행하기 좋은 곳이다. 또한 강양항에서 갓 잡아 온 멸치를 손질하는 모습은 공모전에서도 자주 등장하는 명장면으로, 전통 어업 문화를 가까이에서 체험할 수 있다. 매년 봄에는 강양항 멸치 축제가 열려 신선한 멸치 요리를 맛볼 수 있는 기회도 제공된다.

장생포항

•주소 울산 남구 장생포동 •장생포 고래축제 5월~6월 •고래바다유람선 운행 시간(1일 2회) 미리 확인 필수 •장생포 인근 식당에서 고래고기 시식 가능

울산을 고래로 유명한 도시로 만든 대표적인 항구로, 과거 최적의 고래 서식지였던 덕분에 포경업이 번성했던 곳이다. 일본과의 무역이 활발하던 시절, 왜관과 왜성 유적지가 많아 역사적으로도 중요한 지역이며, 임진왜란 당시 일본군이 가장 먼저 공략한 곳 중 하나였다. 현재는 장생포고래박물관과 장생포 옛마을이 조성되어 과거 포경업과 울산의 생활상을 체험할 수 있다. 또한 고래바다 유람선을 타고 돌고래를 볼 수 있는 울산 앞바다를 탐방하는 관광 프로그램도 운영 중이다.

이곳에서 할 수 있는 경험
• 장생포고래박물관 방문: 포경업의 역사와 고래잡이 문화 배우기
• 장생포 옛마을 탐방: 1970~80년대 울산 생활상 재현 공간 체험

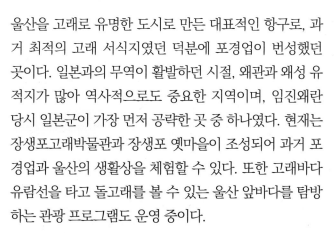

일산항

•주소 울산 동구 일산동 •주변 명소 일산해수욕장, 대왕암공원

조용한 항구 풍경 속에서 지역 어업의 모습을 가까이에
서 체험할 수 있는 곳이다. 울산의 대표적인 해안가 항구
중 하나로, 한적한 분위기 덕분에 산책을 즐기거나 신선
한 해산물을 맛보기 좋은 장소로 손꼽힌다.

주전몽돌해변

•주소 울산 동구 주전동 •주전항과 함께 방문하면 신선한 해산물도 맛
볼 수 있음

울산 12경 중 하나로, 울산 시민들이 즐겨 찾는 여름철
대표 해변 관광지이다. '주전'은 땅이 붉다는 뜻으로, 실
제로 이 지역의 땅 색깔이 붉은빛을 띠고 있다. 해변에는
직경 3~6cm의 둥글고 매끄러운 검은 몽돌이 1.5km 해
안을 따라 길게 이어져 있는 것이 특징이다. 해변 곳곳에
는 노랑바위, 샛돌바위 등 기암괴석이 있어 독특한 해안
절경을 감상할 수 있다.

당사항

•주소 울산 북구 당사동 •일출·일몰 명소

강동사랑길 5·6구간 및 강동누리길에 포함된 아름다운
해안 명소이다. 강동누리길(8km)은 초보자도 부담 없이
걸을 수 있는 트레킹 코스이다. 낚시공원과 바다를 향한
해상 데크길이 있어 방문객들에게 인기 있는 장소다. 당
사항낚시공원은 낚시꾼뿐만 아니라 일반 방문객들도 함
께 즐길 수 있도록 조성되어 있으며, 바다를 향해 길게
놓인 다리와 강화유리 데크길이 있어 마치 바다 위를 걷
는 듯한 색다른 경험을 제공한다. 또한 일출과 일몰 명소
로도 유명하며, 전망대에는 용으로 승천한 전설을 담은
용바위와 역동적인 용 조형물이 자리하고 있다.

4코스
경주에서 포항으로

울산에서 경주를 거쳐 포항으로 이어지는 해안선을 따라가는 여정으로, 한적한 어촌마을과 역사적인 명소를 함께 둘러볼 수 있다. 작은 항구들이 자리한 울산 북구에서 시작해, 경주의 주상절리와 신라 해상왕의 전설이 깃든 문무대왕릉을 지나 동해의 웅장한 자연을 만끽하며 이동한다. 역사와 자연이 조화를 이루는 경로로, 신라 시대의 흔적과 해안 절경을 동시에 감상할 수 있다.

•주행 거리
31km

•코스 경로
당사항-우가항-하서항-경주문무대왕릉-대본항(경)-가곡항

우가항

•주소 울산 북구 당사동 •추천 방문 시간 이른 아침(어촌의 일상적인 풍경) •주변 명소 당사항,강동누리길

과거 어촌 정주어항으로 지정되었다가 2008년 지정이 해제된 곳이다. 현재는 소규모 어업 활동이 이루어지는 조용한 항구로, 관광객이 많지 않아 한적한 해안 풍경을 즐기기에 좋은 장소다. 바닷가를 따라 걷다 보면 어선들이 드나드는 모습과 함께 전통적인 어촌의 정취를 느낄 수 있다.

이곳에서 할 수 있는 경험
• 조용한 어촌마을에서 한적한 해안 산책
• 작은 포구에서 어선들이 드나드는 모습 감상

하서항

•주소 경북 경주시 양남면 하서리 •사진 촬영 명소 •조용한 분위기 속에서 바다 낚시를 즐기고 싶은 사람들에게 추천 •주변 명소 감포항,감은사지 삼층석탑

율포진리항으로도 불리며, '사랑의 열쇠' 조형물이 있어 여행객들에게 기념사진 명소로 인기 있는 곳이다. 감성돔과 우럭이 잘 잡히는 낚시 포인트로도 유명해, 사계절 내내 낚시객들의 발길이 이어진다. 항구에 서면 동해의 푸른 바다를 배경으로 한적한 어촌 풍경을 감상할 수 있어 여유로운 시간을 보내기에 적합하다.

경주문무대왕릉

•주소 경북 경주시 문무대왕면 봉길리 •추천 방문 시간 새벽, 해질녘
•주변 명소 감포항(전통 어업 경험), 기림사, 감은사지 삼층석탑

신라 제30대 문무왕(재위 661~681)의 수중 왕릉으로, 세
계적으로도 유례가 없는 바닷속 무덤이다. 문무왕은 삼
국통일을 완수하고, 신라의 중앙 및 군사 제도를 정비한
군주로, 생전에 자신의 유골을 동해에 묻어 달라는 유언
을 남겼다. 이는 용이 되어 바다를 지키며 왜구의 침입
을 막겠다는 염원이 담긴 것으로, 신라인들의 창의적인
사고방식을 엿볼 수 있는 역사적 명소다. 문무대왕릉은
동해 봉길리 앞바다에서 약 200m 떨어진 지점에 위치
하며, 해수면 위로 드러난 바위(대왕암) 형태를 띠고 있다.
신라 해양방위의 상징이자 불교적 이상이 반영된 유적
지로, 역사적 가치가 크다.

가곡항

•주소 경상북도 경주시 감포읍 대본리 •추천 방문 시간 해질녘

감포 지역의 전통적인 어항으로, 어업 거점 역할을 하는
중요한 항구다. 감포의 다른 항구에 비해 관광객이 많지
않아 조용한 어촌 분위기를 그대로 간직하고 있으며, 항
구 주변에서는 동해안 특유의 해안 풍경과 어촌의 소박
한 일상을 감상할 수 있다.

🍴 수영횟집 | 물회 진문점
• 메뉴: 물회(₩15,000)
• 위치: 경북 포항시 구룡포읍 동해안로 4240번길 66-1
• 전화: 0507-1431-7889

감포에서 대게의 고장으로

경주의 대표적인 어항 감포항을 중심으로 전통적인 어촌마을과 활기 넘치는 경매 시장, 그리고 낚시 명소를 둘러보는 여정이다. 감포항은 2025년 개항 100주년을 맞이하는 경주 최대의 항구로, 활어 위판장이 활발히 운영되며 신선한 해산물을 맛볼 수 있는 곳이다. 양포항과 모포항에서는 동해의 푸른 바다를 배경으로 낚시를 즐기거나 한적한 해안 풍경을 감상하며 여유로운 시간을 보낼 수 있다.

•주행 거리
28km

•코스 경로
가곡항 → 나정항 → 감포항(국가어항) → 양포항 → 모포항

나정항

•주소 경북 경주시 감포읍 나정리 •추천 방문 시간 이른 아침(어촌 특유의 조용한 분위기 감상) •추천 코스 감포항 근처에서 신선한 해산물을 맛본 후, 나정항에서 여유로운 산책 즐기기

감포항에 비해 방문객이 적어 조용히 바다를 감상하거나 여유로운 산책을 즐기기에 좋은 곳이다. 감포항과 연결되는 해안도로가 인상적이며, 바다를 따라 드라이브를 즐기기에도 적합하다.

이곳에서 할 수 있는 경험
- 작은 항구에서 조용한 어촌 풍경 감상
- 감포항과 연결되는 해안도로 드라이브

감포항

•주소 경북 경주시 감포읍 감포리 •경주 감포항 가자미 축제 4월 하순 •장기 산딸기랑 농수산물 문화축제 6월 초순 •이른 아침 방문하면 신선한 해산물을 저렴하게 구입 가능 •위판장에서 바로 횟집으로 가면 갓 경매된 활어를 싱싱하게 즐길 수 있음

경주 최대의 항구이자 2025년 개항 100주년을 맞이하는 역사적인 어항이다. 동해에서 잡아 올린 신선한 해산물이 활어 위판장에서 매일 경매로 거래되며, 고깃배들이 쉴 새 없이 드나드는 활기찬 분위기를 자랑한다. 2018년 조성된 감포 해상공원에서는 해안데크와 바람개비 동산을 따라 감포항의 전경을 감상할 수 있다. 봄과 여름에 걸쳐 다양한 해산물 축제가 열려 먹거리와 즐길 거리가 풍성하다.

이곳에서 할 수 있는 경험
- 감포항 활어 위판장에서 신선한 해산물 경매 구경
- 감포 해상공원에서 해안데크와 바람개비 동산 산책
- 감포항 방파제에서 동해를 배경으로 사진 촬영

양포항

•주소 경북 포항시 남구 장기면 양포리 •장기 산딸기랑 농수산물 문화
축제 6월 초순 •봄~가을 시즌에는 낚시꾼들이 몰리므로, 한적한 분위
기를 원한다면 평일 방문 추천 •낚시 체험 미리 배 예약 필요 •항구 근
처 횟집에서 갓 잡아 올린 신선한 해산물을 맛볼 수 있음

낚시 명소로도 잘 알려진 곳이다. 항구 주변과 방파제에
서 가자미, 방어, 문어, 임연수어 등 다양한 어종을 낚을
수 있으며, 주기적으로 출조하는 낚시어선이 있어 낚시
객들이 즐겨 찾는 곳이다. 또한 조용한 어촌 분위기 속에
서 해안 산책을 즐기기에도 좋은 장소로 꼽는다.

모포항

•주소 경북 포항시 남구 장기면 모포리 •추천 방문 시기 가을(감성돔
낚시를 제대로 즐길 수 있음) •일출과 일몰을 감상하려면 시간을 맞춰
방문하는 것이 좋음 •사진 촬영 명소 삼각대와 함께 방문하면 더욱 멋
진 풍경을 담을 수 있음

낚시와 사진 촬영 명소로 유명한 작은 항구다. 광어, 가
자미, 참돔, 갑오징어, 볼락 등 계절별로 다양한 어종이
잡혀 낚시객들이 자주 찾는 곳이며, 특히 가을철 감성돔
낚시 포인트로도 인기가 높다. 또한 일출과 일몰 풍경이
아름다워 바다 사진을 촬영하려는 사진작가들에게도 사
랑받는 장소다.

> **이곳에서 할 수 있는 경험**
> • 광어, 가자미, 참돔 등 다양한 어종 낚시 체험
> • 일몰과 일출을 감상하며 바다 사진 촬영
> • 한적한 어촌에서 여유로운 휴식

한반도 최동단 해맞이

포항의 낚시 명소와 전통적인 어항을 거쳐 한반도에서 가장 먼저 해가 뜨는 호미곶까지 이어지는 여정이다. 동해의 웅장한 파도와 함께 구룡포에서 신선한 해산물을 맛보고 호미곶에서 역사적인 의미를 되새기며 아름다운 해돋이를 감상할 수 있다. 한적한 방파제와 어촌마을을 지나며 자연과 어우러진 동해안의 정취를 깊이 느낄 수 있는 코스다.

•주행 거리
21km

•코스 경로
모포항–장길리복합낚시공원–하정1리방파제(경)–병포1리마을회관(경)–구룡포항–석병항(경)–호미곶해맞이광장

장길리복합낚시공원

•주소 경북 포항시 남구 구룡포읍 장길리 •추천 방문 시간 이른 아침 (일출과 함께 낚시 체험 가능) •바람이 강한 날에는 낚시보다는 보릿돌교 산책 추천 •사진 스팟 보릿돌교 끝에서 바라보는 해안 절경

포항의 대표적인 낚시 명소이자 일출 명소로, 낚시뿐만 아니라 아름다운 바다 풍경을 조망할 수 있는 관광지로도 손색이 없다. 170m 길이의 보릿돌교를 따라 걸으며 바다 위를 걷는 듯한 색다른 체험을 할 수 있으며, 교량 끝에는 '보릿돌'이라 불리는 바위가 있다. 이곳은 과거 미역이 풍부하게 자라 보릿고개를 넘길 수 있었다는 설화가 전해져 내려오는 유서 깊은 장소이기도 하다.

구룡포항

•주소 경북 포항시 남구 구룡포읍 구룡포리 •구룡포 대게 축제 3월 하순 •추천 방문 시기 11월~3월(제철 과메기와 대게를 맛볼 수 있음) •주변 명소 구룡포 근대문화역사거리 •해안도로 드라이브 추천

일제강점기인 1923년에 부두와 방파제를 갖추면서 발전한 항구다. 현재 북방파제 600m, 남방파제 400m, 물양장 600m 규모의 시설을 갖추고 있으며, 하역 능력 33만 4,000t을 자랑하는 중요한 어항이다. 이곳은 특히 전국 최대의 대게 산지이자 과메기의 본고장으로 유명해질 좋은 과메기와 싱싱한 대게를 맛볼 수 있는 미식 여행지로 손꼽힌다.

> **이곳에서 할 수 있는 경험**
> • 구룡포 전통시장에서 과메기와 싱싱한 대게 맛보기
> • 구룡포항의 활기찬 위판장에서 해산물 경매 구경
> • 해안도로를 따라 구룡포 해변의 아름다운 풍경 감상

호미곶해맞이광장

•주소 경북 포항시 남구 호미곶면 대보리 •호미곶 돌문어 축제 4월 하순 •일출 명소 새벽 5시경 도착 추천

호미곶은 한반도의 최동단에 위치하며 지형상 호랑이 꼬리에 해당하는 곳으로, 우리나라에서 가장 먼저 해가 뜨는 명소로 알려져 있다. 16세기 풍수지리학자인 격암 남사고는 이곳을 천하제일의 명당이라 칭했으며, 육당 최남선은 '조선십경' 중 하나로 선정했다. 1999년 완공된 '상생의 손' 조형물은 새천년을 맞아 국민이 서로를 도우며 상생하자는 의미를 담고 있으며, 해맞이 축전의 상징물로 자리잡았다.

이곳에서 할 수 있는 경험

• 한반도에서 가장 먼저 떠오르는 일출 감상
• 바다 위 '상생의 손' 조형물 앞에서 기념사진 촬영
• 한반도 지형과 풍수적 의미를 되새기며 역사 탐방
• 공원 내 해산물 식당에서 돌문어 요리 즐기기

7코스
포항의 어촌과 항구

포항 동해안의 전통적인 어촌과 항구를 따라가는 여정으로, 한류와 난류가 만나는 회유 어장을 탐방하며 다양한 수산자원을 체험할 수 있다. 포항의 작은 항구들을 돌아보며 어업 방식과 어촌 생활을 가까이에서 경험할 수 있다.

•주행 거리
48km

•코스 경로
호미곶해맞이광장-대보항-발산항-두호항-환호항(경)-우목항

대보항

•주소 경북 포항시 남구 호미곶면 대보리 •추천 방문 시간 이른 아침 (갓 잡아온 해산물을 저렴하게 구매 가능) •해안도로를 따라 드라이브 하면 호미곶과 연결되는 아름다운 바다 풍경을 감상할 수 있음 •인근에 신선한 해산물을 즉석에서 조리해 주는 식당이 많음

포항시 남구 호미곶면에 위치한 대표적인 어항으로, 과거 '동명'으로 불리다가 태부, 대부를 거쳐 현재의 '대보'로 개칭되었다. 한류와 난류가 교차하는 해역에 위치하여 다양한 어종이 회유하는 곳으로, 정치망 어업이 활발하게 이루어지는 항구다. 또한 오징어, 꽁치, 고등어, 김, 미역, 전복, 성게 등 수산자원이 풍부하여 해산물 시장이 활기를 띤다.

> **이곳에서 할 수 있는 경험**
> • 정치망 어업이 활발한 포구에서 조업 풍경 감상
> • 대보항의 해안 드라이브 코스를 따라 동해안 절경 감상
> • 수산시장 방문하여 신선한 해산물 구입 및 시식

발산항

•주소 경북 포항시 남구 동해면 발산리 •추천 방문 시기 가을(주변 해안이 단풍과 어우러져 더욱 아름다운 풍경 연출) •한적한 분위기를 원하는 여행자에게 적합한 힐링 명소 •사진 스팟 등대 주변(노을 질 무렵 방문하면 더욱 운치 있음)

북동쪽 마봉산에서 남서쪽으로 1km 떨어진 돌출부 내측에 자리하고 있다. 영일만에서 조업하는 어민들이 생활권을 포항과 함께하며, 자연재해의 영향이 적지만 해상교통이 빈번해 주의가 필요한 지역이다. 봄이면 마을을 둘러싼 산과 골짜기에 꽃이 만발하여 '발산(鉢山)'이라는 이름이 붙었다고 전해지며, 지형이 바랑처럼 생겼다 하여 '바랑골' 또는 '발미골'이라고도 불린다.

두호항

•주소 경북 포항시 북구 두호동 •추천 방문 시간 아침(포구 주변의 작은 횟집에서 신선한 해산물 맛보기 가능), 일출 시간(고즈넉한 분위기의 바다 풍경을 감상할 수 있음) •해안도로를 따라 드라이브하면 포항 영일대해수욕장과도 연결되어 더욱 알찬 여행 가능

포항 시내와 가까워 현지인들이 자주 찾는 한적한 항구다. 큰 관광지는 아니지만 방파제에서 바다를 바라보며 여유로운 시간을 보내기에 좋은 곳이며, 소규모 어선들이 정박해 있는 작은 포구의 정취를 느낄 수 있다. 또한 도심과 가까워 해안도로 드라이브 코스로도 적합하다.

이곳에서 할 수 있는 경험
- 두호항 방파제에서 한적한 바다 풍경 감상
- 소규모 어선들이 정박한 작은 포구의 정취 느끼기
- 도심과 가까운 해안도로 드라이브

우목항

•주소 경북 포항시 북구 흥해읍 우목리 •추천 방문 시간 일출 시간(더욱 평온한 분위기를 느낄 수 있음) •추천 활동 우목항 인근의 작은 카페에서 차 한잔하며 바다 감상 •포항 흥해읍 해안도로 드라이브 추천

관광지로 크게 알려지지는 않았지만 한적하고 조용한 분위기 속에서 바닷바람을 맞으며 힐링할 수 있는 숨은 명소다. 방파제 주변을 따라 걷다 보면 작은 포구에서 전통적인 어업 방식도 엿볼 수 있어 동해안 특유의 어촌 정취를 제대로 느낄 수 있는 곳이다.

이곳에서 할 수 있는 경험
- 어촌의 조용한 분위기 속에서 여유로운 해안 산책
- 방파제 주변에서 바닷바람 맞으며 힐링
- 작은 포구에서 전통적인 어업 방식 구경

8코스
강구항과 해변

넓고 깨끗한 해변과 전통적인 어촌 항구를 따라가는 여정으로, 동해안 특유의 고운 백사장과 울창한 송림이 어우러진 해안 풍경을 감상할 수 있다. 한적한 해변에서 여유로운 시간을 보낸 후, 강구항에서는 신선한 대게와 다양한 해산물을 맛보며 동해의 풍성한 먹거리를 경험할 수 있는 코스다.

•주행 거리
38km

•코스 경로
우목항-칠포해수욕장-월포해수욕장-조사리간이해변(경)-남호해수욕장-강구항

칠포해수욕장

•주소 경북 포항시 북구 흥해읍 칠포리 •캠핑 여름철에는 조기 마감될 기능성이 높이 사전 예약 필수•칠포재즈페스티벌 9월 •해변 주변에는 해산물 식당이 많아 포항의 신선한 해산물을 맛볼 기회도 풍부

백사장 길이 4km, 너비 200~300m에 달하는 포항의 대표적인 해수욕장이다. 맑고 얕은 수심으로 어린이부터 성인까지 모두가 안전하게 물놀이를 즐길 수 있는 곳이며, 주변을 둘러싼 울창한 송림 덕분에 캠핑과 피크닉 명소로도 유명하다. 특히 2007년부터 매년 9월 개최되는 '칠포재즈페스티벌'은 국내외 정상급 뮤지션과 음악 애호가들이 모여 가을밤 동해 바다와 함께하는 특별한 축제로 자리잡았다.

월포해수욕장

•주소 경북 포항시 북구 청하면 월포리 •바다낚시 현지 낚싯대 대여 서비스 활용 •백사장이 넓고 수심이 얕아 어린이와 함께 방문하기 적합 •해변 주변에 위치한 횟집에서 신선한 해산물 맛보기 추천

백사장 길이 1.2km, 폭 70m에 달하는 동해안의 대표적인 해수욕장으로, 맑고 깨끗한 바닷물과 완만한 수심 덕분에 가족 단위 여행객들에게 인기가 많다. 난류와 한류가 만나는 지점에 위치해 플랑크톤이 풍부하여 다양한 어종이 서식하며, 월포방파제는 바다낚시 명소로도 잘 알려져 있다. 해변과 방파제가 어우러진 여유로운 분위기 속에서 해수욕과 낚시를 동시에 즐길 수 있는 곳이다.

이곳에서 할 수 있는 경험
• 가족 단위 여행객들에게 적합한 물놀이와 스노쿨링
• 월포방파제에서 꽁치, 노래미 낚시 체험
• 전통 달집 태우기 행사(정월대보름) 구경

남호해수욕장

•주소 경북 영덕군 남정면 남호리 •혼잡한 곳을 피하고 싶은 여행객에게 강력 추천 •낚시 체험 가자미, 보리멸 등 동해안 특산 어종이 많은 최적의 장소

백사장 길이 1km, 울창한 소나무숲이 어우러진 한적한 해변으로, 아직 많은 관광객에게 알려지지 않아 조용히 바다를 즐길 수 있는 곳이다. 잔잔한 파도 덕분에 가족 단위 방문객에게 적합하며, 소나무숲에서 캠핑과 피크닉을 즐기기에 좋다.

강구항

•주소 경북 영덕군 강구면 강구리 •영덕 대게 축제 4월 중순 •대게 구매팁 점심시간 이후 방문하면 합리적인 가격에 구매 가능, 위판장에서 직접 구매 후 주변 식당에서 손질 요청

경북 영덕군에서 가장 큰 항구이자 '대게'로 유명한 곳이다. 11월부터 4~5월까지 대게 철이 되면 대게잡이 어선들이 모여 활기를 띠며 강구항 대게 위판장이 운영된다. 강구항 인근의 '대게 거리'는 3km에 걸쳐 다양한 대게 전문 식당이 늘어서 있어 미식 여행지로도 손꼽힌다.

> **이곳에서 할 수 있는 경험**
> • 강구항 대게 거리에서 싱싱한 대게와 해산물 맛보기
> • 강구항 대게 위판장에서 직접 경매 구경
> • 오십천 하천과 강구항을 배경으로 한 드라마 촬영지 탐방

영덕의 해안 절경

동해안의 숨겨진 해변과 전통적인 어촌 항구를 따라가는 여정으로, 부드러운 백사장과 완만한 수심을 자랑하는 해수욕장, 활기 넘치는 어항, 그리고 대게의 본고장까지 이어진다. 맑고 깨끗한 바닷물과 동해안의 빼어난 풍경을 감상할 수 있다.

•주행 거리
29km

•코스 경로
강구항-하저해수욕장-창대항-창포말등대(경)-축산항(국)-대진해수욕장(영덕)

하저해수욕장

•주소 경북 영덕군 강구면 하저리 •여름철 성수기에도 비교적 한적한 편이라 여유롭게 머물기 좋음 •현지 낚싯배 투어 이용 추천

길이 1km의 부드러운 백사장이 해안선을 따라 이어진 동해안의 작은 해수욕장이다. 수심이 1.3m 내외로 얕고 경사가 완만하여 가족 단위 방문객에게 적합하다. 또한 가자미, 보리멸, 우럭 등이 잘 잡히는 바다낚시터로도 인기가 많다.

이곳에서 할 수 있는 경험
• 넓고 조용한 해변에서 여유로운 해수욕을 즐길 수 있음
• 가자미, 보리멸 등을 낚을 수 있는 바다낚시 체험을 할 수 있음
• 백사장 뒤편 소나무숲에서 피크닉과 힐링을 즐길 수 있음

창대항

•주소 경북 영덕군 영덕읍 대부리 •추천 방문 시간 아침, 해질녘 •주변 명소 창포해맞이공원

2017년 기존 '창포항'에서 현재의 명칭으로 변경되었다. 작은 항구지만 소박한 어촌의 정취를 간직하고 있으며, 창포말 등대까지 이어지는 해안길이 아름다워 드라이브 코스로도 인기가 높다. 조용한 분위기 속에서 해안선을 따라 산책하거나 한적한 바닷가 풍경을 감상하며 여유로운 시간을 보내기 좋은 곳이다.

이곳에서 할 수 있는 경험
• 소박한 어촌마을의 정취를 느끼며 창포말 등대까지 걸어보기
• 창포말 등대까지 이어지는 해안길 드라이브
• 창대항 주변에서 신선한 해산물 맛보기

축산항

•주소 경북 영덕군 축산면 축산리 •추천 방문 시기 11월~4월(대게 철)
•축산항 물가자미 축제 5월 초순 •대게 구매시 직접 찌는 서비스 제공
하는 곳 활용 •주변 명소 죽도산 전망대(일출 명소)

이곳에서 할 수 있는 경험
• 어시장에서 싱싱한 대게와 해산물 구입
• 대게 원조 마을에서 영덕대게 요리 시식
• 죽도산 전망대에서 동해안의 해안 절경 감상

태백산에서 뻗어 내려온 산세가 해안까지 밀려와 만처
럼 둘러싸인 아름다운 해안선을 자랑하는 항구이다.
1924년에 조성되었으며 영덕의 대표적인 어항 중 하나
로, 강구항과 함께 대규모 어업 활동이 이루어지는 곳이
다. 특히 전국 5대 대게 위판장 중 하나로 대게 원조 마
을과 함께 영덕대게의 주요 서식지로 알려져 있다.

대진해수욕장

•주소 경상북도 영덕군 병곡면 대진리 •여름철 성수기에는 많은 사람
이 몰리므로, 한적한 해변을 즐기고 싶다면 아침 일찍 방문 •낚시 명소
바다낚시와 민물낚시를 동시에 즐길 수 있음 •송천천 주변 민물과 바닷
물이 만나는 독특한 생태계 관찰 가능

**이곳에서 할 수
있는 경험**
• 맑고 깨끗한 바
  닷물에서 해수
  욕과 스노쿨링
  즐기기
• 백사장을 가로
  지르는 송천천
  에서 담수욕 체
  험하기

길이 8km, 폭 100m에 달하는 넓은 백사장과 깨끗한 바
닷물이 자랑인 해변으로, 모래 알이 굵고 부드러워 모래
찜질을 하기에 좋다. 백사장 뒤로는 울창한 송림이 병풍
처럼 둘러쳐져 있어 한적한 자연 속에서 힐링할 수 있는
최적의 장소다. 수심이 1~2m로 깊지 않고 경사가 완만
하여 어린이를 동반한 가족 단위 피서객들에게 적합하
다. 특히 백사장을 가로질러 흐르는 폭 200m의 송천천
에서는 담수욕을 즐길 수 있어 자연 속 천연 샤워장 역할
도 한다.

....

🍴 대일회식당
• 메뉴: 자연산 회(₩80,000, 中)
• 위치: 경북 영덕군 영해면 영덕대게로 2799
• 전화: 054-732-1652

10일차

정동진과 삼척의 해안도로

주요 코스

직산항(경)

덕신해변

죽변항(국)

노곡항

궁촌항(국)

삼척항

묵호항

정동진항

경포도립공원

남애항(국)

수산항(국)

주행 거리

총 269km

소요 경비(3인 기준)

조 식 가자미조림 50,000원

중 식 생대구김치탕 43,000원

석 식 섭국, 생선구이 68,000원

숙박비 60,000원

기 타 22,500원

합 계 309,000원

1코스
청정 해변과 후포항

울창한 송림과 깨끗한 백사장이 펼쳐진 동해안의 해변을 따라가는 여정으로, 조용한 해변에서 여유로운 시간을 보내기에 좋다. 한적한 해안선을 따라 걷거나 푸른 동해를 배경으로 힐링할 수 있으며, 후포항에서 신선한 해산물을 맛보며 동해의 특산물을 경험할 수 있다.

•주행 거리
23km

•코스 경로
대진해수욕장–고래불해수욕장–바위위펜션(경)–수정면옥(경)–후포항–직산항(경)

고래불해수욕장

•주소 경북 영덕군 병곡면 덕천리 •해돋이 명소

울창한 송림과 금빛 모래사장이 펼쳐진 동해안 대표 해변이다. 해변의 모래는 굵고 몸에 잘 붙지 않아 모래찜질이 유명하며, 심장 및 순환기 계통 질환에 효험이 있다는 이야기가 전해진다. 고려 후기 문인 이색이 병곡 앞바다에서 고래가 분수를 뿜으며 노는 모습을 보고 '고래불'이라 이름 붙였다는 유래가 있다. 또한 고래불국민야영장이 인접해 있어 카라반, 캠핑장, 어린이 물놀이장 등 다양한 편의시설을 갖춘 동해안 대표 캠핑 명소로도 알려져 있다.

후포항

•주소 경북 울진군 후포면 후포리 •울진 대게와 붉은대게 축제 2월 하순 •대게 구매 팁 경매가 끝나는 오후 2~3시쯤 방문하면 저렴

동해 중부해역의 주요 어항이자 동해에서 잡히는 꽁치, 오징어, 고등어, 대게, 가자미 등의 대표적인 집산지다. 항구 주변에는 후포수협회센터, 어판장, 후포어시장, 횟집 거리가 형성되어 있어 신선한 해산물을 저렴하게 구매할 수 있는 곳으로도 유명하다. 항구 뒤쪽 등기산 근린공원에는 1968년부터 가동된 후포등대가 있으며, 세계적으로 유명한 역사적인 등대 조형물들이 조성되어 있어 이색적인 등대 탐방 코스를 경험할 수도 있다. 특히 후포항 스카이워크에서 동해의 시원한 바다 풍경을 감상하며 걷는 것도 추천하며, 일몰 시간에 방문하면 더욱 아름다운 풍경을 감상할 수 있다.

🍴 삼일식당

• 메뉴: 가자미찌개(₩15,000)
• 위치: 경북 울진군 후포면 울진대게로 161
• 전화: 0507-1427-7018

2코스
조용한 해변과 작은 어항

동해안의 소규모 해수욕장과 조용한 어항을 따라가는 여정으로, 가족 단위 피서객부터 낚시를 즐기는 여행객까지 조용한 휴식을 할 수 있는 곳이다.

•주행 거리
25km

•코스 경로
직산항–구산해수욕장–기성항(경)–사동항–망양휴게소(경)–덕신해변

구산해수욕장

•주소 경북 울진군 기성면 구산리

작지만 깨끗한 바닷물과 부드러운 백사장, 완만한 경사를 갖춘 아담한 해변이다. 울창한 소나무숲이 둘러싸고 있어 피서지로 최적의 환경을 제공하며, 조용하고 한적한 분위기로 힐링 여행을 즐기기에 좋다.

사동항

•주소 경북 울진군 기성면 사동리 •추천 방문 시간 일출 시간 •낚시 팁 감성돔과 농어 시즌 미리 확인 후 방문

사동항은 1971년 국가 어항으로 지정된 울진의 대표적인 항구 중 하나다. 10t급 어선 120여 척을 수용할 수 있으며, 북방파제(716m), 남방파제(250m), 방사제(80m), 어선 부두(350m) 등으로 구성되어 있다. 이곳은 낚시 명소로도 유명하며, 등대 사이에서 떠오르는 해돋이 풍경이 장관을 이룬다.

덕신해변

•주소 경북 울진군 매화면 덕신리 •해양 레저 활동 계획시 사전 예약 •여유로운 해수욕을 원한다면 아침 일찍 방문

약 300m 길이의 백사장과 규사 성분의 고운 모래로 이루어진 한적한 해변이다. 스쿠버다이빙과 수상스키 같은 해양 레저 활동이 가능하며, 인근의 산과 바다가 조화를 이루는 아름다운 풍경이 펼쳐진다. 특히 우렁쉥이(멍게) 양식이 활발한 마을이 인접해 있어 여름철 피서객들에게 신선한 우렁쉥이를 즉석에서 제공하기도 한다.

3코스
울진의 해안도로

울진 해안을 따라 이어지는 조용한 어촌마을과 아름다운 해변을 감상하는 여정이다. 낚시와 해산물을 즐길 수 있는 항구와 동해안 특유의 자연 경관을 만끽할 수 있는 코스로, 드라이브와 힐링을 함께 즐기기에 좋다.

•주행 거리
26km

•코스 경로
덕신해변–오산항–진복보건진료소(경)–망양정해수욕장–울진항–골장항–죽변항(국)

오산항

•주소 경북 울진군 매화면 오산리

솔비치호텔&리조트와 오산해수욕장에 인접한 어항으로, 비교적 저렴하고 신선한 활어회를 파는 횟집이 많은 곳으로 유명하다. 여름철이면 오산해수욕장을 찾는 관광객들로 활기가 넘치며, 조용한 바다 풍경을 감상할 수 있는 어촌마을의 정취도 함께 느낄 수 있다.

망양해수욕장

•주소 경북 울진군 근남면 산포리 •송림에서의 모래찜질이 인기 있으므로 피크닉 돗자리 준비 •해안도로 드라이브 추천

비교적 수심이 얕고 폭이 좁지만 동해안 해수욕장 중에서는 수온이 높은 편이다. 백사장 뒤로는 무성한 송림이 있어 산책을 즐기기에 좋으며, 주변에는 천연기념물인 성류굴과 불영계곡, 해안도로 등 다양한 관광 명소가 있어 피서와 함께 관광을 즐기기에도 적합한 곳이다.

울진항

•주소 경북 울진군 울진읍 연지리 •낚시 추천 시간 이른 아침 •주변 횟집에서 갓 잡은 감성돔 회를 저렴하게 즐길 수 있음 •해안도로 드라이브 추천

과거 '현내항'이라 불리던 어촌 정주어항이다. 2021년 우수 귀어귀촌인 및 어울림마을 선정평가에서 최우수상을 수상하며, 원주민과 귀어인의 화합이 돋보이는 마을로 자리잡았다. 낚시 명소로도 유명하여 갯바위와 방파제에서 감성돔을 낚으려는 낚시객들의 발길이 끊이지 않는다. 또한 고즈넉한 분위기로 울진 여행 중 잠시 들러 바다 풍경을 감상하기에도 좋은 곳이다.

골장항

•주소 경북 울진군 죽변면 골장리 •방문객이 적어 여유롭게 낚시를 즐기기에 좋음

1984년 지방어항으로 지정된 울진의 작은 항구이다. 조용한 분위기 속에서 바다를 감상하며 산책하기 좋은 곳으로, 낚시객들이 주로 찾는 장소다. 근처 어촌마을을 산책하며 소박한 어촌의 정취를 느낄 수 있다. 한적한 해안선과 방파제 너머 펼쳐진 동해의 푸른 바다가 인상적인 곳으로 방파제 끝자락에서 바라보는 일출도 아름답다.

이곳에서 할 수 있는 경험
- 한적한 항구에서 바다 풍경 감상
- 조용한 분위기 속에서 바다 낚시 체험

죽변항

•주소 경북 울진군 죽변면 죽변리 •죽변항 수산물 축제 12월 중순 •추천 방문 시기 11월~4월(대게 철) •수산시장에서는 즉석에서 해산물을 손질해주므로 바로 시식 가능

후포항과 함께 울진 북단에 위치한 동해안의 대표적인 어항이다. 오징어, 고등어, 꽁치, 도루묵, 가자미 등이 특히 많이 잡히며, 우리나라 최대의 대게잡이 항으로도 유명하다. 다양한 어종만큼 죽변항 주변에는 크고 작은 수산물 가공 공장들이 줄지어 있어 활기찬 항구 분위기를 자아낸다. 죽변항 방파제에서 동해의 거센 파도와 함께 감상하는 일출도 장관이다.

이곳에서 할 수 있는 경험
- 울진 대게의 원조, 대게 전문점 방문
- 수산시장을 탐방하며 신선한 해산물 구입
- 바닷가에서 죽변항의 활기찬 어촌 풍경 감상

최북단 어촌마을

경상북도와 강원도의 경계를 따라 이어지는 최북단의 해안마을과 숨겨진 해변을 탐방하는 여정이다. 크고 작은 어항과 조용한 해변이 연이어 펼쳐지며, 한적한 어촌 분위기와 깨끗한 동해 바다의 풍경을 감상할 수 있다.

•주행 거리
24km

•코스 경로
죽변항(국)-금문본점(경)-나곡해수욕장-고포항(경)-월천해수욕장-호산항
-노곡항

나곡해수욕장

•주소 경북 울진군 북면 나곡리 •성수기에도 조용한 분위기를 유지하는 곳이라 한적한 휴식을 원하는 사람에게 추천 •해변에서 자연스럽게 형성된 갯바위에서 낚시를 즐길 수 있음

경상도에서 가장 북쪽에 있는 해수욕장으로, 해안을 따라 조금만 북상하면 강원특별자치도 삼척시에 닿는다. 해변 길이는 약 300m이며, 바깥쪽은 모래, 안쪽은 자갈로 이루어져 있다. 나곡천(羅谷川)이 바다로 흘러들고, 낮은 산과 크고 작은 갯바위가 어우러져 있어 풍경이 아름답다.

이곳에서 할 수 있는 경험
- 고운 모래와 자갈이 섞인 해변에서 해수욕
- 나곡천과 바다가 만나는 곳에서 독특한 풍경 감상
- 한적한 분위기 속에서 바다를 따라 산책

월천해수욕장

•주소 강원 삼척시 원덕읍 월천리 •잘 알려지지 않은 곳이라 한적한 피서를 원하는 사람에게 적합 •해변 뒤편의 소나무숲은 그늘이 많아 더운 날에도 시원하게 쉴 수 있음

삼척시에서 남쪽으로 약 40km 떨어진 곳에 위치하며, 강원도 최남단에 자리한 해변이다. 길게 뻗은 백사장에는 자갈이 많이 섞여 있으며 바닷물이 깨끗하다. 삼면이 해망산으로 둘러싸여 있어 바람이 적고 고요한 분위기를 자아낸다.

이곳에서 할 수 있는 경험
- 조용한 해변에서 깨끗한 바다 감상
- 울창한 소나무숲에서 자연 속 힐링
- 한적한 분위기 속에서 여유로운 피서

호산항

•주소 강원 삼척시 호산3리 •추천 방문 시간 일출 시간

규모는 작지만 투명한 바닷물과 산호초가 만들어내는 아름다운 수중 경관으로 유명하다. 푸른빛 산호초와 작은 물고기들이 떼를 지어 움직이는 광경을 볼 수 있으며, 에메랄드빛 바다 색이 영롱한 것이 특징이다. 바닷물이 맑아 스노클링을 즐기기에도 적합하다.

이곳에서 할 수 있는 경험
- 에메랄드빛 바다와 투명한 수중 경관 감상
- 작은 항구의 정취를 느끼며 산책
- 사진 촬영 명소로 추천

노곡항

•주소 강원 삼척시 원덕읍 노곡리 •노곡항 근처에는 지역 어민들이 직접 운영하는 작은 횟집이 있어 저렴한 가격에 신선한 해산물을 맛볼 수 있음 •해안선 드라이브 추천

조용한 분위기 속에서 바다를 감상하며 쉬어가기 좋은 곳이다. 삼척시는 깨끗한 해안선과 아름다운 바닷가 마을이 많아 드라이브와 어촌 체험을 함께 즐기기 좋은 여행지다.

이곳에서 할 수 있는 경험
- 한적한 어촌마을에서 조용한 휴식
- 바다와 어우러진 전통적인 어촌 생활 엿보기

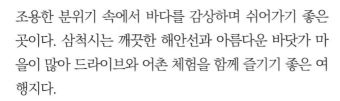

동해 해안선의 절경

기암괴석과 푸른 바다가 어우러진 동해안의 숨은 절경을 따라가는 여정이다. 소박한 어촌과 한적한 해변을 지나며 해양레일바이크와 해상 케이블카 같은 체험형 관광지가 더해져 자연의 아름다움을 보다 생동감 있게 즐길 수 있다. 고요한 어촌 풍경과 더불어 동해 특유의 시원한 해안선이 펼쳐져 드라이브 코스로도 매력적이다.

•주행 거리
24km

•코스 경로
노곡항-임원항(국)-갈남항-장호해수욕장-용화해수욕장-초곡항-궁촌항(국)

임원항

•주소 강원 삼척시 원덕읍 임원리 •추천 방문 시기 4~10월(낚시와 해산물 시기가 맞물리는 기간)

임원항은 어족자원이 풍부하고 바닷물이 깨끗하기로 유명하여 사계절 싱싱한 생선이 많이 잡히는 곳이다. 동해 제일의 감성돔 포인트로 알려져 있으며, 겨울철에는 황어, 노래미, 볼락, 가자미 등이 많이 낚인다. 방파제에서는 감성돔, 망상어, 황어 등을 낚을 수 있고, 내항에서는 가자미 원투낚시가 가능하다. 주변에는 자연산 활어를 저렴하게 맛볼 수 있는 횟집들이 많다.

갈남항

•주소 강원 삼척시 원덕읍 갈남리 •추천 방문 시간 이른 아침(어촌의 고즈넉한 정취를 느끼기에 좋음) •추천 활동 조용한 해안 마을 풍경 사진 촬영

한때 명태잡이와 미역 채취로 번성했던 작은 항구로, 1970년대 동해안 해산물 양식의 개척지로도 유명했다. 현재는 맑고 깨끗한 해안과 풍부한 해산물 덕분에 관광지로 주목받고 있으며, 한적한 어촌의 정취를 느끼며 여유로운 시간을 보낼 수 있는 곳이다.

장호해수욕장

•주소 강원 삼척시 근덕면 장호리 •추천 방문 시기 6~9월(해수욕과 스노클링 시즌) •추천 활동 스노클링 장비 대여 후 해변 탐험, 기암괴석 사진 촬영

넓은 백사장과 반달형 해안선이 아름다운 해수욕장으로, 파도가 잔잔하고 천연 바람막이가 있어 가족 단위 피서객들에게 인기가 많다. 또한 2004년부터 장호어촌체험마을로 지정되어 다양한 어촌 체험이 가능하다.

용화해수욕장

•주소 강원 삼척시 근덕면 용화리 •추천 방문 시기 4~10월 (레일바이크와 해변 산책하기 좋음) •추천 활동 해양레일바이크(사전 예약 필수, 주말엔 빠르게 마감됨)

반달형 모양의 긴 백사장을 자랑하는 유명한 피서지로, 에메랄드빛 바다와 기암괴석이 어우러져 장관을 이루는 곳이다. 특히 해양레일바이크와 해상 케이블카를 함께 즐길 수 있어 이색적인 경험이 가능하다.

초곡항

•주소 강원 삼척시 근덕면 초곡리 •추천 방문 시간 일몰 전후 •추천 코스 초곡 촛대바위길 왕복 1시간 트레킹

붉은 등대가 자리한 한적한 항구로, 조용한 어촌의 정취를 느낄 수 있는 곳이다. 인근에는 마라톤 영웅 황영조 기념관이 위치해 있으며, 가까운 초곡촛대바위에서는 동해의 기암절벽과 푸른 바다의 조화를 감상할 수 있다.

궁촌항

•주소 강원 삼척시 근덕면 궁촌리 •추천 방문 시기 여름 •추천 체험 스노클링이나 카약 체험(해양스포츠 장비 대여 가능)

자연산 어종이 풍부한 동해안 어항으로, 오징어, 가자미, 넙치, 우럭 등이 잡힌다. 해양레포츠 체험도 가능해 바다낚시와 관광, 레저를 함께 즐길 수 있다.

> **이곳에서 할 수 있는 경험**
> • 오징어, 가자미 등 신선한 해산물 맛보기
> • 카약, 스노클링 등 해양레포츠 체험
> • 항구 주변에서 어촌의 활기찬 모습 감상

6코스
숨은 해변과 포구

삼척의 동해안을 따라 숨겨진 해변과 어촌마을을 탐방하는 여정이다. 잘 알려지지 않은 부남해수욕장과 덕산해수욕장, BTS 싱글 앨범 〈Butter〉의 재킷 촬영지로 유명한 맹방해수욕장, 삼척의 대게를 맛볼 수 있는 삼척항까지 이어지는 코스로 조용한 해변과 어촌의 정취를 동시에 느낄 수 있다.

•주행 거리
23km

•코스 경로
궁촌항(국)-대진항-부남해수욕장-덕산해수욕장-맹방해수욕장-한재밑해수욕장
-삼척항

대진항

•주소 강원 삼척시 근덕면 동막리 •추천 낚시 시간 새벽 시간대

큰 노로에서 띨어저 있어 인지도는 낮지만 낚시꾼들에게는 유명한 곳이다. 감성돔, 우럭, 노래미 등이 잘 잡히며 방파제 낚시 포인트로 인기가 많다.

부남해수욕장

•주소 강원 삼척시 근덕면 부남리 •갯바위 낚시 추천 감성돔, 농어

마을과 가까우면서도 갯바위가 어우러져 운치 있는 해변이다. 규모는 작지만 경치가 뛰어나 사진작가들이 자주 찾는 곳이며, 물이 맑고 잔잔해 가족 단위 피서지로 최적이다. 영화 〈헤어질 결심〉 마지막 장면 촬영지로 알려지면서 인기가 높아졌다.

덕산해수욕장

•주소 강원 삼척시 근덕면 덕산리

맹방해변과 덕봉산을 경계로 하고 있어 경관이 수려한 해변이다. 인근 덕산항(남애포)에서 갓 잡은 싱싱한 활어를 맛볼 수 있으며, 해변 길이는 약 580m, 평균 수심은 1m로 수심이 얕고 경사가 완만해 가족 단위 피서지로 적합하다. 해수욕과 함께 조개 채집이 가능하고 바닷물과 민물이 만나는 곳에서는 담수욕도 즐길 수 있다.

덕봉산

•주소 강원 삼척시 근덕면 교가리 •덕봉산 트레킹 왕복 40분 내외

과거 섬이었다가 육지로 변한 독특한 산으로, 「해동여지도」와 「대동여지도」에도 기록되어 있다. 산의 형태가 물독과 닮아 '더멍산'이라 불렸으며, 정상에는 기우제를 지냈던 화선대와 우물터가 남아 있다. 산 아래에는 마읍천이 흐르고 있다.

맹방해수욕장

•주소 강원 삼척시 근덕면 하맹방리

시범해수욕장으로 지정된 곳으로, 관광지 조성 공사가 진행 중인 청정 해변이다. 전국적으로 맑고 깨끗한 해변으로 유명하며, 개장 기간에는 명사십리 달리기대회, 맨손 송어 잡기 등 다양한 이벤트가 열린다. 특히 BTS 싱글 앨범 〈Butter〉의 앨범 재킷 촬영지로 알려지며 많은 관심을 받고 있다. 촬영 당시 사용했던 소품을 그대로 재현한 포토존도 운영 중이다.

한재밑해수욕장

•주소 강원 삼척시 근덕면 하맹방리

송림으로 둘러싸인 400m 길이의 아담한 백사장을 가진 해변이다. 갯바위가 넓게 흩어져 있어 낚시를 즐기기에도 좋은 장소이며, 승공해변과 맹방해변과 이어져 있다. 방문객이 적어 자연 그대로의 모습을 간직하고 있어 조용한 휴식을 원하는 여행객들에게 적합한 곳이다.

삼척항

•주소 강원 삼척시 정하동 •대게 구매 팁 오후 11시 이후 방문하면 저렴

무역항이자 공업항으로 발전한 곳이다. 과거에는 작은 어항인 정라항(汀羅港)이라 불렸으나 현재는 인근 동해항과 함께 시멘트 반출의 전진기지 역할을 한다. 삼척의 대게는 조선시대 허균의 『도문대작』에도 소개될 만큼 유명한 특산물이며, 삼척항 대게거리에는 신선한 대게를 판매하는 식당이 줄지어 있다.

....

🍴 부림해물

• 메뉴: 생대구 김치국(₩13,000)
• 위치: 강원도 삼척시 동해대로 3935
• 전화: 033-576-0785

동해의 명소와 역사

동해안의 대표적인 자연 절경과 역사적인 항구를 따라가는 여정이다. 애국가 영상 속 추암 촛대바위 일출, 크랩(게) 축제가 열리는 동해항, 낭만적인 야경이 펼쳐지는 한섬해수욕장, 신선한 해산물을 맛볼 수 있는 묵호항까지 동해의 역사와 자연을 모두 체험할 수 있다.

•주행 거리
20km

•코스 경로
삼척항-비치조각공원(경)-증산해수욕장-추암촛대바위-동해항-한섬해수욕장-묵호항

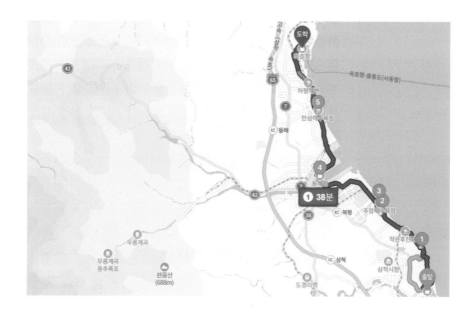

증산해수욕장

•주소 강원 삼척시 증산동 •추천 방문 시간 새벽 6시경(일출 감상)

조용하고 아담한 해변으로, 평균 수심이 1~2m 정도로 안전하게 물놀이를 즐길 수 있는 곳이다. 동해시에 위치한 추암해변과 가까워 추암 촛대바위 일출을 감상하기 좋은 장소이며, 겨울철에는 갈매기 떼와 어우러진 바다가 아름답기로 유명하다. 해변 옆 수로부인헌화공원에는 삼국유사의 '해가(海歌)' 설화를 바탕으로 복원된 드래곤볼 조형물이 설치되어 있어, 방문객들이 볼을 돌리며 사랑과 소망을 기원하는 명소로 떠오르고 있다.

추암 촛대바위

•주소 강원 동해시 추암동 •추천 방문 시기 겨울(선명한 일출 감상 가능)

수중의 기암괴석이 바다와 어우러진 비경을 만들어내는 명소로, 마치 촛대처럼 솟아오른 바위가 장관을 이루는 곳이다. 애국가 영상 속 첫 장면의 배경으로도 잘 알려져 있으며, 날씨에 따라 바위의 실루엣이 변화하는 모습을 감상할 수 있다. 파도가 거센 날에는 승천하는 용을 닮고, 잔잔한 날에는 깊은 호수 같은 고요함을 자아낸다. 촛대바위 주변의 형제바위와 기암괴석군은 일출 명소로도 유명하다.

동해항

•주소 강원 동해시 송정동 •크랩 킹 페스타 매년 4월 •식당 추천 항구 내동해수산(신선한 게장 정식)

과거 금강산 관광과 러시아 블라디보스토크, 일본으로 가는 여객선이 운항되었던 국제 항구로, 현재는 시멘트 수출입을 주로 담당하는 물류 거점 역할을 하고 있다. 코로나19로 인해 여객선 운항이 중단되었으나 항구 주변은 해안도로 드라이브 코스로 인기가 많다.

한섬해수욕장

•주소 강원 동해시 천곡동 •LED 조명쇼 운영 오후 6시~9시 •사진 촬영 명수

동해선 철길 아래 자리한 아담하고 호젓한 해변으로, 한섬과 감추산 사이에 오목하게 자리잡은 자연적 지형미를 갖춘 곳이다. 이곳에서는 파도의 침식 작용으로 생긴 '마린 포트홀'(항아리 모양 구멍)과 '시스택'(길쭉한 암석)을 관찰할 수 있어 지질관광 명소로도 손꼽힌다. 지질학적으로도 가치가 높은 명소로, 자연이 만들어낸 독특한 풍경을 감상할 수 있다. 또한 100m 길이의 산책로 '리드미컬 게이트'는 LED 조명이 빛나며 음악과 함께 낭만적인 야경을 연출하는 특별한 장소다.

묵호항

•주소 강원 동해시 묵호진동 •묵호항 시장 오전 방문시 신선한 해산물을 저렴한 가격에 구입 가능 •야경 명소 묵호등대

1937년 개항한 동해안 제1의 무역항으로, 현재는 동해안의 대표적인 어업기지다. 매일 새벽 어선들이 입항하며 갓 잡아 올린 신선한 해산물이 경매에 부쳐지는 모습을 볼 수 있다. 항구 근처에는 묵호등대와 논골담길 벽화마을이 있어 어촌 풍경과 예술이 어우러진 감성적인 여행을 즐길 수 있다.

> **이곳에서 할 수 있는 경험**
> • 묵호항 수산시장에서 신선한 해산물 구매 및 시식
> • 해안 절벽 위 묵호등대에서 동해 조망
> • 논골담길 트레킹: 항구와 바다가 내려다보이는 멋진 전망 감상

정동진과 낭만의 바다

동해안의 푸른 바다와 넓은 백사장을 따라가는 낭만적인 해안 여행 코스다. 낮에는 고운 모래 해변과 한적한 어촌 풍경을 감상하며 여유를 즐기고, 해질 무렵에는 정동진에서 장엄한 해돋이를 맞이할 수 있다. 초보 서퍼들이 찾는 해변부터 그림 같은 해안도로 드라이브, 유명한 일출 명소까지 동해의 다채로운 매력을 만끽할 수 있는 여정이다.

•주행 거리
23km

•코스 경로
묵호항-어달해수욕장-대진해수욕장-망상해수욕장-금진해변(경)-심곡항-정동진항

어달해수욕장

•주소 강원 동해시 어달동 •추천 방문 시기 6~9월(수온이 따뜻함)

백사장 길이 300m, 폭 20~30m의 아담한 해변으로, 고운 모래와 잔잔한 파도가 특징이다. 경사가 완만하고 평균 수심이 1m로 낮아 가족 단위 피서지로 적합하다. 해변 순환도로가 개설되어 묵호항을 시작으로 어달해변, 대진해변, 노봉해변, 망상해변까지 이어지는 해안 드라이브 코스를 즐길 수 있다. 뒤편 어달산 정상에는 강원도 기념물인 '어달산 봉수대'가 자리해 있으며, 이곳에서 동해안을 한눈에 조망할 수 있다.

대진해수욕장

•주소 강원 동해시 망상동

어달해변과 망상해수욕장 사이에 자리한 조용한 해변으로, 수심이 얕고 파도가 일정해 아이들과 함께 물놀이를 즐기기에 적합하다. 초보 서퍼들이 연습하기 좋은 파도 조건을 갖추고 있어 서핑 입문자들에게 인기가 많으며, 해변과 함께 자리한 대진항에서는 신선한 해산물을 맛볼 수 있다.

망상해수욕장

•주소 강원 동해시 망상동 •여름철(7~8월) 성수기에는 많은 인파가 몰리므로 이른 시간 방문 추천 •카라반 숙박 사전 예약 필수(성수기에는 조기 마감될 수 있음)

동해안 대표 해수욕장으로 넓은 백사장과 푸른 바다, 울창한 송림이 조화를 이루는 국민관광지다. 완만한 수심(0.5~1.5m) 덕분에 가족 단위 여행객들에게 인기가 많으며, 깨끗한 해변과 함께 캠핑과 카라반 숙박을 즐길 수 있는 망상 오토캠핑리조트가 조성되어 있어 사계절 내내 관광객이 찾는 곳이다.

심곡항

•주소 강원 강릉시 강동면 심곡리 •추천 방문 시간 아침(한적한 바다
풍경을 더욱 여유롭게 감상 가능)

깊은 골짜기에 자리잡아 '심곡'이라는 이름이 붙은 작
은 어촌마을이다. 과거에는 산맥에 둘러싸여 외부와 단
절된 지역이었으나, 최근 해돋이 명소인 정동진과 연결
되는 해안도로가 조성되면서 숨겨진 여행지로 주목받
고 있다. 동해를 따라 이어지는 해안도로는 드라이브
코스로 유명하며, 바다와 절벽이 어우러진 풍경이 인상
적이다.

이곳에서 할 수 있는 경험
- 심곡항에서 바라보는 동해의 절경 감상
- 정동진까지 이어지는 해안도로 드라이브

정동진항

•주소 강원 강릉시 강동면 정동진리 •추천 방문 시간 새벽

청정 동해에서 나는 정동미역으로 유명한 항구로, 그 독
특한 맛 덕분에 전국적으로 널리 알려져 있다. 특히 5~6
월에는 손으로 잡는 손꽁치구이가 별미로 손꼽히며, 가
자미, 청어, 임연수어, 꽁치 등이 주로 잡힌다. 항구 인근
의 정동진역은 '모래시계역'으로 유명하며, 바다와 가장
가까운 기차역 중 하나로 손꼽힌다.

이곳에서 할 수 있는 경험
- 정동진에서 감동적인 해돋이 감상
- 정동진항에서 갓 잡은 싱싱한 해산물 시식
- 정동진역에서 바다와 가장 가까운 기차역 체험

강릉의 바다를 걷다

강릉의 해안과 도립공원을 따라가는 여정으로, 조용한 해변과 강릉의 대표 자연 명소를 함께 둘러볼 수 있다. 백사장이 펼쳐진 해수욕장, 바위가 많은 포구, 습지와 어우러진 도립공원까지 다채로운 해안 풍경을 감상할 수 있다.

•주행 거리
33km

•코스 경로
정동진항-안인해변-염전해변(경)-남항진해변-강릉항(국)-경포도립공원

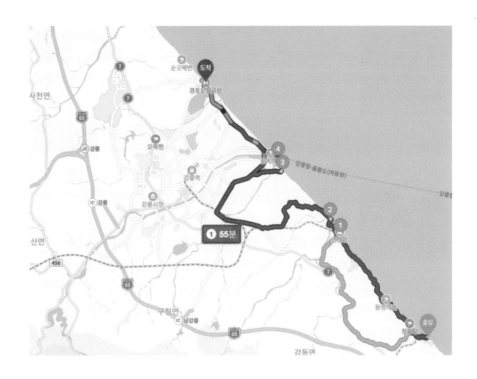

안인해변

•주소 강원 강릉시 강동면 안인리 •추천 방문 시기 5~9월(해수욕과 조개잡이가 활발한 시즌) •추천 체험 조개 채집 •낚시 팁 감성돔과 가자미가 잘 잡히는 포인트를 미리 확인 후 방문

바위가 많은 특색 있는 해변으로, 군성강의 맑은 담수가 바다로 흘러들어 담수욕과 해수욕을 동시에 즐길 수 있는 곳이다. 모래밭 길이는 1km, 폭 50m로 모래가 곱고 물이 맑으며, 경사가 완만하고 수심이 얕아 여름철 많은 여행객이 찾는다. 백사장 대신 바위가 많아 일반적인 해변과는 다른 매력을 지니고 있으며, 조개잡이 체험과 감성돔·가자미·우럭 낚시를 할 수 있어 낚시객들에게도 인기 있는 명소다.

이곳에서 할 수 있는 경험
- 바위 해변에서 자연산 조개잡이 체험
- 담수욕과 해수욕을 동시에 즐기는 색다른 경험
- 감성돔, 놀래기, 가자미 낚시

남항진해변

•주소 강원 강릉시 남항진동 •추천 방문 시간 일출·일몰 시간

한적한 분위기의 간이해수욕장으로, 예전에는 송정에서 한송사(寒松寺)로 가는 길목의 나루터 역할을 했던 곳이다. 해변을 찾은 나그네들이 쉬어갈 수 있도록 놓인 그네 포토존이 유명해, 방문객들이 바다를 배경으로 사진을 찍는 명소로 자리잡았다.

이곳에서 할 수 있는 경험
- 해변의 명물 포토존 그네에서 감성적인 사진 촬영
- 조용한 해변에서 파도 소리를 들으며 여유로운 휴식
- 강릉 바다를 바라보며 한적한 해변 산책

강릉항

•주소 강원 강릉시 견소동 •추천 시즌 봄~가을(낚시와 해산물 시장이 가장 활발한 시기) •추천 코스 강릉항 방문 후 경포대 야경 감상 및 경포호 둘레길 산책

2008년 5월까지 안목항으로 불리다 개칭되었다. 과거 조선후기까지는 견조도(見潮島)라는 섬이었으나 지금은 육지와 연결된 육계도(陸繫島)다. 강릉의 주요 하천인 남대천 하류에 자리하고 있으며, 백사장이 발달한 것이 특징이다. 황어, 숭어, 멸치, 고등어 등이 풍부하게 잡히는 곳으로, 낚시 명소로도 알려져 있다.

경포도립공원

•주소 강원 강릉시 강문동 •추천 방문 시기 봄(벚꽃), 가을(단풍), 겨울(철새 도래 시기) •추천 코스 경포해변, 경포호 둘레길, 경포대 전망대 순으로 둘러볼 것

경포대, 경포호, 경포해수욕장을 중심으로 다양한 문화재와 기념물이 있는 지역이다. 공원 내에는 경포호(가시연습지), 순포습지, 경호정 송림, 사천해안 송림 등이 포함되어 있으며, 경포호는 천연기념물로 지정된 고니, 청둥오리 등의 철새 도래지로도 유명하다. 관동 8경 중 하나로 손꼽히는 경포대는 대보름 달맞이 명소로 유명하며, 과거 경포호에서는 낚시가 가능했으나 현재는 자연보호지역으로 지정되어 낚시가 금지되어 있다.

> **이곳에서 할 수 있는 경험**
> • 경포대에서 바라보는 아름다운 동해 일출과 달맞이
> • 경포호와 순포습지에서 자연생태 탐방

10코스
강릉에서 양양까지

강릉에서 양양까지 동해의 해안선을 따라가는 여정으로, 강릉의 아름다운 해변과 주문진항, 양양의 대표적인 미항인 남애항까지 이어지는 해안 드라이브 코스다. 싱싱한 해산물을 맛볼 수 있는 항구와 고즈넉한 해변을 함께 즐길 수 있다.

•주행 거리
25km

•코스 경로
경포도립공원-하평해변(경)-영진항(경)-주문진항-지경리해수욕장-남애항(국)

주문진항

•주소 강원 강릉시 주문진읍 주문리

동해안의 대표적인 어항이자 화물선과 어선이 활발히 오가는 항구로 약 350여 척의 어선이 드나드는 곳이다. 난류와 한류가 만나는 동해의 특성상 오징어, 양미리, 명태, 청어, 멸치 등이 풍부하게 잡히며, 항구 인근의 수산시장은 갓 잡은 신선한 해산물과 활어회를 저렴한 가격에 즐길 수 있는 곳으로 유명하다.

지경리해수욕장

•주소 강원 양양군 현남면 지경리

울창한 송림과 넓고 깨끗한 백사장이 조화를 이루는 한적한 해변이다. 설악권의 최남단 해변으로, 양양군 남쪽에 위치하며, 여름철 한시적으로 지경리 마을에서 운영하는 간이해수욕장이다. 관광객이 몰리는 대형 해수욕장과 달리 조용한 분위기를 유지하고 있어 여유롭게 피서를 즐기기에 좋다. 인근 남애항이 가까워 신선한 해산물과 활어회를 함께 맛볼 수 있는 장점이 있다.

남애항

•주소 강원 양양군 현북면 남애리

강원도 양양에서 가장 큰 항구이자 양양 8경 중 하나로 손꼽히는 곳이다. 강릉 심곡항, 삼척 초곡항과 함께 강원도 3대 미항으로 꼽히며, 정박한 어선들, 방파제, 빨간 등대와 흰 등대가 어우러진 어촌 풍경이 인상적이다. 방파제 입구에 자리한 남애항 스카이워크 전망대에서는 남애항 일대와 탁 트인 동해의 절경을 한눈에 담을 수 있다. 백두대간 능선과 맞닿아 있어 '강원도의 베네치아'라 불릴 만큼 아름다운 경관을 자랑한다.

11코스
동해 최북단을 향해

동해 최북단을 향해 가며 양양의 대표적인 항구와 해변을 따라가는 해안 드라이브 코스다. 죽도정과 하조대에서 동해를 조망하며 자연의 아름다움을 만끽하고 여유로운 어촌 분위기를 즐길 수 있다. 또한 요트 체험이 가능한 수산항까지 이어지는 여정으로, 바다를 가까이에서 경험할 수 있는 다양한 기회가 주어진다

•주행 거리
23km

•코스 경로
남애항(국)-인구항-동산항-기사문항(경)-하조대해수욕장-동호해변(경)-수산항(국)

인구항

•주소 강원 양양군 현남면 인구리 •추천 방문 시간 아침, 해질녘(죽도정에서 일출·일몰 감상하면 더욱 아름다움)

인구항은 규모는 작지만 양양 8경 중 제6경으로 꼽히는 죽도정이 인근에 있어 많은 관광객이 찾는 곳이다. 죽도는 과거 육지와 완전히 분리된 섬이었으나 현재는 육지와 연결되어 있어 쉽게 방문할 수 있으며, 사계절 푸른 송림과 함께 동해를 감상하기 좋은 장소로 유명하다. 한적한 어촌 분위기 속에서 여유로운 시간을 보내기에 적합하며, 주변 해안 절경도 함께 즐길 수 있는 매력적인 항구다.

이곳에서 할 수 있는 경험
- 양양 8경 중 하나인 죽도정 탐방
- 조용한 항구 풍경 속에서 바닷바람 맞으며 산책
- 주변 해안 절경과 함께 한적한 분위기 즐기기

동산항

•주소 강원 양양군 현남면 동산리 •추천 방문 시기 여름(수온이 적당해 해양 스포츠에 최적) •스킨스쿠버 및 프리다이빙 현지 강습 가능

동해안 특유의 맑고 깨끗한 바닷물이 인상적인 곳으로, 파도가 높지 않고 수심이 얕아 스킨스쿠버와 낚시를 즐기기에 적합하다. 한적한 분위기 덕분에 조용한 피서를 원하거나 여유로운 바다 여행을 계획하는 이들에게 추천할 만한 장소다.

이곳에서 할 수 있는 경험
- 투명한 바닷물에서 스킨스쿠버 및 프리다이빙 체험
- 잔잔한 바다에서 낚시하며 여유로운 시간 보내기
- 조용한 해변가에서 한적한 피서 즐기기

하조대해수욕장

•주소 강원 양양군 현북면 하광정리 •추천 방문 시간 아침(조용한 해변 풍경을 여유롭게 감상 가능) •일출 포인트 하조대 전망대 •해안도로 드라이브 추천

옥빛 바다와 넓은 백사장, 주변의 등대와 기암괴석이 어우러진 빼어난 절경을 자랑하는 곳이다. 동해안에서도 특히 아름다운 해변으로 손꼽히며, 가족 단위 피서객에게 인기가 많다. 모래사장은 길이 1.5km, 폭 100m에 달하며, 수심은 1.5m 내외로 비교적 완만하다. 주변 광정천과 상운천의 담수가 유입돼 수온이 비교적 따뜻한 해변에서 물놀이가 가능하다. 해수욕장 남쪽에는 '양양8경' 중 하나인 하조대 전망대와 스카이워크가 있어 바다를 조망하는 특별한 경험도 가능하다.

수산항

•주소 강원 양양군 손양면 수산리 •수산항 바다체험 축제 10월 초순 •추천 방문 시간 오후(노을과 함께 요트 마리나 감상 가능) •요트 체험 대형 크루즈부터 개인 요트까지 체험 가능(사전 예약 필수), 선상 낚시 가능

동해안의 작은 항구처럼 보이지만 60척 이상의 요트를 정박할 수 있는 동해안 최고의 요트항으로 알려져 있다. 요트 마리나에는 다양한 형태의 요트들이 정박해 있어 이국적인 분위기를 자아낸다. 일반인들도 요트 체험을 할 수 있는 프로그램이 마련되어 있으며, 수산관광어촌체험 마을은 해양수산부가 지정한 국제 관광어촌체험 마을로 외국인들에게도 인기 있는 체험 장소다.

....

🍴 우미밥상
• 메뉴: 섭국(₩13,000), 생선구이(₩15,000)
• 위치: 강원도 양양군 손양면 수산1길 35
• 전화: 033-671-3233
• 휴무: 매주 목요일

통일전망대에서
마주한 북녘

주요 코스

장사항

거진항(국)

화진포해수욕장

초도항

대진항(국)

마차진해수욕장

통일전망대 인증센터

주행 거리

총 81km

소요 경비(3인 기준)

조 식 물곰탕 34,000원

중 식 생선모둠찜 50,000원

기 타 10,000원

합 계 294,000원

동해안 최북단 항구

양양에서 속초까지 이어지는 동해안 최북단의 항구와 해변을 따라가는 여정이다. 낙산사의 고즈넉한 분위기 속에서 일출을 감상하고, 물치항과 대포항에서 동해의 활기찬 어촌 풍경을 즐길 수 있다. 또한, 동명항과 장사항에서는 신선한 해산물을 맛보며 동해안 특유의 항구 정취를 느낄 수 있는 코스다.

•주행 거리
24km

•코스 경로
수산항-낙산해수욕장-낙산항-물치항-대포항-동명항-장사항

낙산해수욕장

•주소 강원 양양군 강현면 주청리 •인근 해돋이 명소 낙산사

양양군 양양읍 조선리에 있는 양양 대표 해수욕장이다.
1963년 개장한 이래 해마다 전국 각지에서 약 100만 명
이상의 관광객이 다녀간다. 동해안에 있는 해수욕장을
통틀어 경포대해수욕장과 함께 가장 유명한 해수욕장으
로 꼽힌다. 울창한 소나무숲 앞으로 4km에 달하는 넓은
모래사장이 펼쳐진 모습이 인상적이다. 수심은 1.5m 내
외로 비교적 깊지 않아 해수욕을 즐기기 좋다. 해수욕장
끝에는 낙산항이 있고, 그 뒤로 낙산사가 있는 낙산이 굽
어본다.

낙산항

•주소 강원 양양군 강현면 전진리 •추천 방문 시기 봄, 가을

낙산해수욕장과 인접한 작은 어항으로, 조용한 어촌 분
위기가 매력적인 곳이다. 넓은 바다를 배경으로 소박한
항구 풍경을 감상할 수 있으며, 낙산항 주변에는 신선한
해산물을 즐길 수 있는 횟집이 많아 미식 여행지로도 인
기가 있다. 바로 옆에는 해안 절벽 위에 자리한 낙산사가
있어, 한적한 산책과 함께 사찰 탐방을 즐기기에 좋다.

물치항

•주소 강원 양양군 강현면 물치리 •양양 물치항 도루묵 축제 12월 초순

설악산을 배경으로 에메랄드빛 바다가 펼쳐진 양양의
대표적인 항구다. 긴 방파제 끝자락에는 송이버섯을 형
상화한 흰 등대와 빨간 등대가 마주보고 있어 물치항의
상징적인 풍경을 이룬다. 특히 두 등대 사이로 떠오르는
일출이 장관을 이루며, 일출 명소로 널리 알려져 있다.
겨울철에는 양양 특산물인 도루묵과 양미리가 제철을
맞아 더욱 특별한 미식 경험을 즐길 수 있는 곳이다.

대포항

•주소 강원 속초시 대포동 •추천 방문 시간 오전(관광객이 적어 더욱 쾌적하게 활어센터 이용 가능) •활어센터에서 직접 고른 해산물을 근처 식당에서 조리해 주는 서비스를 활용하면 더욱 신선한 맛을 즐길 수 있음 •겨울철에는 도루묵찜과 홍게찜이 별미이므로 꼭 맛볼 것

속초시로 들어오는 남쪽 관문에 위치한 항구로, 설악산이 인접해 있어 관광지로도 인기가 높다. 예전에는 어항으로서 기능이 강했지만 현재는 관광객을 위한 활어센터와 해산물 음식점이 많아지면서 관광지로서의 역할이 더욱 강조되고 있다. 특히 신선한 해산물을 저렴하게 즐길 수 있는 곳으로 유명하며, 활기찬 어시장 분위기를 경험할 수 있다.

동명항

•주소 강원 속초시 동명동 •속초 양미리·도루묵 축제 11월 하순~12월 초순 •영금정전망대에서 동해를 감상하면 더욱 멋진 풍경을 만날 수 있음 •활어시장에서 직접 고른 해산물을 근처 식당에서 조리해 주는 서비스를 이용하면 더욱 신선한 맛을 경험할 수 있음

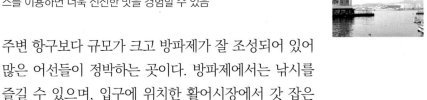

주변 항구보다 규모가 크고 방파제가 잘 조성되어 있어 많은 어선들이 정박하는 곳이다. 방파제에서는 낚시를 즐길 수 있으며, 입구에 위치한 활어시장에서 갓 잡은 해산물을 저렴하게 맛볼 수 있다. 과거 금강산 관광을 위한 여객선이 출항하던 국제여객터미널이 자리하고 있으며, 현재는 러시아와 중국을 연결하는 국제항로가 운영되고 있다. '동쪽에 해가 떠 밝아온다'는 뜻을 지닌 동명항은 이름에 걸맞게 일출 명소로도 유명하며, 특히 매년 새해 첫날 많은 관광객들이 떠오르는 해를 보기 위해 찾는다. 인근에는 영금정, 영금정 해돋이 정자, 속초 등대전망대 등이 있어 더욱 아름다운 바다 풍경을 감상할 수 있다.

장사항

•주소 강원 속초시 장사동 •오징어 맨손 잡기 축제 다양한 체험 프로그램 운영 •인근 횟집에서는 신선한 오징어회를 맛볼 수 있음 •항구에서 해산물 경매가 열릴 때 방문하면 싱싱한 해산물을 저렴한 가격에 구입 가능

속초의 대표적인 항구 중 하나로 배낚시 체험이 가능한 어장이 가까이 형성되어 있어 낚시객들에게 인기가 많다. 1973년 기존 명칭인 '사진항'에서 장사항으로 이름이 변경되었으며, 매년 여름 열리는 '오징어 맨손 잡기 축제'로 유명하다. 이곳에서는 관광객들이 직접 바닷물에 들어가 오징어를 잡는 이색적인 체험을 할 수 있어 많은 방문객이 찾는다. 최근에는 매년 축제가 열리지는 않지만 오징어 맨손 잡기 체험이 가능할 때가 많다. 한적한 항구 분위기 속에서 신선한 해산물을 맛볼 수도 있어 속초 여행 시 들러볼 만한 곳이다.

이곳에서 할 수 있는 경험
- 배낚시 체험 및 활기 넘치는 해산물 경매 구경
- 한적한 항구를 따라 걷고 바닷바람 맞으며 산책
- 여름철 오징어 맨손 잡기 체험

🍴 사돈집
- 메뉴: 물곰탕(₩25,000~30,000)
- 위치: 속초시 영랑해안1길 8
- 전화: 033-633-9015
- 휴무: 매주 목요일

고성의 해변과 포구

속초를 지나 고성의 아름다운 해변과 전통적인 항구를 따라가는 여정이다. 잔잔한 포구의 정취와 넓고 깨끗한 백사장을 감상하며, 여유로운 해안 드라이브를 즐길 수 있다. 특히 이 지역은 명태와 도루묵으로 유명해 신선한 동해의 해산물을 맛보기에 최적의 코스다.

•주행 거리
35km

•코스 경로
장사항-봉포항-아야진항(국)-송지호해수욕장-공현진항(국)-가진항-거진항(국)

봉포항

•주소 강원 고성군 토성면 봉포리 •추천 방문 시간 이른 아침

강원도 고성군 토성면 봉포리에 자리한 아늑한 어항으로, 속초시와의 접경 해안에 위치해 있다. 소형 어선들이 모여 있는 내항과 바위섬이 어우러진 외항이 있으며, 항구 바로 위쪽에는 봉포해수욕장이 자리해 있어 조용한 해변과 어촌의 정취를 함께 느낄 수 있는 곳이다. 크지는 않지만 고즈넉한 분위기를 자아내며, 주변에 위치한 작은 카페에서 여유롭게 바다를 감상하기에도 좋은 장소다.

아야진항

•주소 강원 고성군 아야진리 •지역 특산물 도루묵구이, 복어국

양미리, 복어, 도루묵, 꽁치 등이 주로 잡히는 항구다. 원래 '대야진'이라 불렸으나 일제강점기 때 일본이 '큰 대(大)' 자를 사용하지 못하게 해 '아야진'으로 바뀌었다는 유래가 있다. 해안도로를 따라 펼쳐진 푸른 바다와 방파제가 조화를 이루며, 경매장이 활발하게 운영되는 곳으로도 유명하다.

송지호해수욕장

•주소 강원 고성군 죽왕면 공현진리 •추천 방문 시기 여름, 겨울

길이 2km, 폭 100m의 넓은 백사장을 갖춘 해변으로 맑은 바닷물과 완만한 수심 덕분에 가족 단위 여행객에게 인기가 많다. 바다 전면에는 대나무와 기암괴석으로 이루어진 죽도가 자리해 있어 독특한 해안 경관을 자랑한다. 해수욕장 북쪽 500m 지점에는 천연 석호인 송지호가 있어 겨울철 고니의 도래지로도 유명하며, 담수와 바닷물이 만나는 지역 특성상 바다낚시도 활발하게 이루어지는 곳이다.

공현진항

•주소 강원 고성군 죽왕면 공현진리 •아침 시간에 방문하면 해녀들이
깃 잡은 신선한 해산물 구매 가능

고운 모래와 얕은 수심을 자랑하는 공현진해수욕장이
인접해 있어 여행객들에게 매력적인 곳이다. 두 개의 방
파제와 물량장, 호안(護岸)이 갖춰져 있으며, 해녀들이 직
접 성게, 해삼, 전복, 미역 등을 채취하는 모습도 볼 수
있어 어촌의 생생한 풍경을 경험할 수 있다. 신선한 해산
물을 맛볼 수 있는 수산시장도 있어 미식 여행지로도 손
색이 없다. 특히 전복죽이나 해삼물회를 맛보기를 추천
한다.

가진항

•주소 강원 고성군 죽왕면 가진리 •추천 방문 시기 가을(잔잔한 바다 풍
경과 고즈넉한 분위기 감상 가능)

동해안에서도 조용하고 잔잔한 분위기를 간직한 아름
다운 항구로, 여유롭게 걷기 좋은 곳이다. 과거 '덕포'라
불릴 만큼 수산물이 풍부해 지역 주민들에게 중요한 역
할을 해온 어촌으로, 작은 나루가 생기면서 '가포진'이
라 불리다가 1914년 '가진리'로 명칭이 정착되었다. 해
안도로를 따라 드라이브를 즐기거나 바다를 배경으로
한적한 산책을 즐기기에 좋다.

거진항

•주소 강원 고성군 거진읍 거진리 •추천 방문 시기 겨울(명태가 가장 맛
있는 시기) •거진항 명태축제 11월 하순 •추천 음식 명란젓, 명태회무침

38도선 이북에 위치하며, 동해 북부 어업의 전진기지로
성장한 국가어항이다. 과거 명태 주산지로 유명했으며,
명태 서거리, 명란식해 등 다양한 명태 별미 요리를 맛
볼 수 있는 곳이다.

3코스
통일을 향한 길

동해안 최북단을 향해 달리며 남북 분단의 현실을 마주하는 여정이다. 화진포의 빼어난 자연경관과 대진항의 한적한 어촌 풍경을 지나 동해 최북단 마차진해수욕장에서 고요한 바다를 감상할 수 있다. 여정의 끝, 통일전망대에서는 북녘 땅을 가장 가까이에서 바라보며 통일에 대한 염원을 되새길 수 있다.

•주행 거리
22km

•코스 경로
거진항(국)-화진포해수욕장-초도항-대진항(국)-마차진해수욕장
-통일전망대인증센터

화진포해수욕장

•주소 강원 고성군 현내면 초도리 •추천 먹거리 고성식 해물칼국수

수만 년 동안 조개껍질과 바위가 부서져 만들어진 모나자이트 성분의 모래로 이루어진 백사장이 특징적인 곳이다. 모래를 밟으면 소리가 나고 개미가 살지 않는 독특한 환경을 가지고 있으며, 해변의 길이는 1.7km, 폭 70m, 수심 1~1.5m로 얇고 완만한 경사를 이루어 가족 단위 관광객들이 많이 찾는다. 주변에는 화진포 석호와 울창한 송림이 어우러져 자연경관이 수려하며, 김일성 별장, 이승만 초대 대통령 별장, 이기붕 별장 등 역사적인 건축물이 있어 볼거리가 많다. 해양 생태를 관찰할 수 있는 화진포 해양박물관도 함께 둘러보기에 좋다.

이곳에서 할 수 있는 경험
• 해변을 따라 걸으며 기암괴석과 백사장 감상
• 화진포 석호에서 철새 탐조 및 자연생태 탐방
• 김일성 별장, 이승만 별장 등 역사적 건축물 방문

초도항

•주소 강원 고성군 현내면 초도리 •추천 방문 시기 7월(성게 철) •초도 성게 축제 7월 하순 •추천 방문 시간 이른 아침, 해질녘

성게가 특산물로 유명해 '성게마을'이라고도 불리며, 매년 여름이면 신선한 성게를 맛볼 수 있는 초도 성게 축제가 열린다. 어촌마을 특유의 소박한 분위기가 남아 있어 한적한 바다 풍경을 감상하기 좋다.

이곳에서 할 수 있는 경험
• 축제 기간에 성게 채취 등 다양한 체험 프로그램 참여
• 어시장에서 신선한 성게 및 해산물 구매
• 조용한 어촌마을에서 여유로운 바다 감상

대진항

•주소 강원 고성군 현내면 대진리 •추천 방문 시기 겨울(명태가 가장 맛있는 시기) •주변 명소 대진항 해상공원 •추천 먹거리 지역 특산물인 명태회무침, 명란젓, 북어찜

동해안 휴전선 남쪽 최북단에 위치한 어항으로, 동해안 항구 중에서도 큰 규모를 자랑한다. 이곳은 북위 38°30′에 자리하고 있어, 휴전선이 직선으로 그어졌다면 북한 땅이 되었을 지역이다. 우리나라 지도를 세로로 접으면 서해 최북단 섬인 백령도에서 북쪽으로 50km 떨어진 황해남도 과일군이 대진항과 대칭을 이루게 된다. 대진항은 1920년 어항으로 축조된 이후 동해안에서 명태 어획이 가장 활발했던 항구로 유명했다. 일제강점기에는 철도가 부설되면서 더욱 번성했으며, 현재도 가자미, 문어 등을 비롯해 가리비와 성게 양식업이 활발하게 이루어지고 있다.

마차진해수욕장

•주소 강원 고성군 현내면 마차진리 •주의사항 군 작전 지역이므로 출입 제한 시간(저녁 8시 이후) 확인 및 신분증 지참 필수

화진포해변에서 북쪽으로 1.5km, 통일전망대에서 남쪽으로 3.5km 떨어진 곳에 위치하며, 7번 국도변에 있어 쉽게 눈에 띈다. 백사장 길이는 240m로 비교적 작은 해변이지만 수심이 얕고 경치가 아름다워 한적한 피서를 원하는 이들에게 적합하다. 마을에서 운영하는 간이해변으로, 사계절 개방되지만 군 작전 지역이므로 저녁 8시 이후에는 출입이 제한된다. 북쪽 해안이 무송대라 불리는 섬으로 이어지며 활처럼 휘어져 있어 무송정해수욕장이라고도 불린다. 해안에 솟아 있는 무송대는 과거 '송도'라 불리던 곳으로, 울창한 소나무숲과 오솔길이 있으며 바위섬에서는 바다낚시도 즐길 수 있다.

고성 통일전망대

•주소 강원 고성군 현내면 마차진리 •고성 DMZ 평화 관광 축제 매년 6월 •추천 방문 시기 맑은 날 방문하면 북한 지역이 더욱 선명하게 보임 •출입 절차 신분증 필수, 차량 등록 필요 •주의 사항 군사 지역이므로 사진 촬영 제한 구역 확인 필수

동해안 최북단에 위치한 전망대로, 비무장지대와 휴전선 너머 금강산과 해금강을 조망할 수 있는 곳이다. 1983년 개장 이후 동해안 대표 관광지로 자리잡았으며, 연간 150만 명 이상의 방문객이 찾는다. 전망대에 오르면 해금강 주변의 섬들, 금강산의 구선봉과 함께 북한의 지형을 확인할 수 있으며, 맑은 날에는 옥녀봉, 채하봉, 일출봉까지 시야에 들어온다. 전망대 내부에는 6·25전쟁의 참상을 담은 영상물과 사진 자료, 유물 등이 전시되어 있으며, 주변에는 통일 기원 범종, 통일 미륵불과 마리아상, 351고지 전투 전적지 등이 위치한다. 또한 발아래로는 2004년 개통된 동해선 남북연결도로가 보이며, 최전방 초소를 통해 남북한의 긴장감을 체감할 수 있다.

> **이곳에서 할 수 있는 경험**
> • 금강산 구선봉과 해금강을 비롯한 북한 지역 조망
> • 최전방 초소와 휴전선 철책을 보며 한반도 분단 실감
> • 안보 교육 전시관 관람 및 6·25 전쟁 유물 탐방

🍴 이모네식당
• 메뉴: 생선모듬찜(₩50,000, 中)
• 위치: 강원 속초시 영랑해안 6길 16
• 전화: 033-637-6900
• 휴무: 매주 수요일

고성 통일전망대

✅ 출발 전 필수 체크리스트

1. 차량 점검
□ 타이어 공기압&마모 상태 확인(예비 타이어 포함)
□ 엔진오일&냉각수 점검(장거리 운전 대비)
□ 브레이크&배터리 상태 체크(도로 위 고장 예방)
□ 연료 확인&주유소 위치 체크(일부 해안도로는 주유소 간 거리가 멀 수 있음)

2. 여행 준비
□ 내비게이션&대체 경로 미리 설정(교통체증 대비)
□ 고속도로/국도 통행료 확인(하이패스 앱 추천)
□ 숙박 정보 미리 체크(성수기에는 숙소 부족 가능)
□ 밀물·썰물 시간 확인(특히 서해안 갯벌 지역)
□ 기상 변화 체크(강풍·해무 구간 주의)

3. 운전자를 위한 필수 아이템
□ 비상용품(구급상자, 손전등, 차량용 소화기)
□ 선글라스(장시간 운전 시 눈 피로 방지)
□ 간단한 간식&생수(휴게소 간 거리가 먼 경우 대비)
□ 야간 운전 시 방파제 및 해안도로 구간은 각별히 주의

🎵 드라이브 추천곡

1. 서해 해안권 | 노을 드라이브 감성곡
• 김광석 – 바람이 불어오는 곳
• 이문세 – 광화문 연가
• 김연우 – 이별택시
• 윤하 – 비 오는 날 듣기 좋은 노래
• Billy Joel – Just the Way You Are

2. 남해 해안권 | 잔잔한 아침 바다 드라이브 감성곡

• 버스커버스커 – 여수 밤바다
• 조용필 – 그 겨울의 찻집
• 한영애 – 조율
• 적재 – 별 보러 가자
• 백예린 – Square
• Jason Mraz – I'm Yours

3. 동해 해안권 | 해돋이 드라이브 감성곡

• 김동률 – 출발
• 이승환 – 붉은 낙타
• Coldplay – Viva La Vida
• Ed Sheeran – Perfect
• The Beatles – Here Comes the Sun

🎤 운전하면서 쉽게 여행 기록 남기기

1. 영상으로 기록하기 | 타임랩스(하이퍼랩스) 활용

• 설정 방법(갤럭시&아이폰 공통)
– 카메라 앱 실행 → '하이퍼랩스(갤럭시)/타임랩스(아이폰)' 모드 선택
– 스마트폰을 차량 거치대에 고정한 후 촬영 시작
– 주행 중 해안도로 풍경을 자동 기록 → 목적지 도착 후 녹화 종료
TIP. 스마트폰을 단단히 고정하고, 운전 중 조작하지 않도록 미리 설정하기

2. 음성으로 기록하기 | 보이스 노트 활용

• 스마트폰 기본 앱 활용(운전 전 미리 실행)
– 갤럭시 → '녹음기' 앱 / 아이폰 → '음성 메모' 앱 실행
– 출발 전 '녹음 시작' 버튼 누르고, 여행 중 간단한 감상 말하기
  예) "서해 노을이 바다에 스며드는 순간, 모든 것이 평온했다"
– 도착 후 다시 들으면서 중요한 내용만 정리하면 여행 기록 완성!
TIP. "OK 구글, 음성 메모 시작해 줘" 또는 "시리야, 음성 녹음 시작"
    → 스마트폰 음성 명령 활용하면 더 편리함

해안선 자동차 여행

인쇄일 2025년 3월 17일
발행일 2025년 3월 26일

지은이 강구

펴낸곳 아임스토리(주)
펴낸이 남정인
출판등록 2021년 4월 13일 제2021-000113호
주소 서울특별시 영등포구 선유동2로 57 이레빌딩 16층
전화 02-516-3373
팩스 0504-037-3378
전자우편 im_book@naver.com
홈페이지 www.im-story.com
블로그 blog.naver.com/im_book

ISBN 979-11-981599-8-4 (03910)